RAMAYANAM
The Final Journey

Uttarakandam
in Simple Sanskrit & English

Sanjeev Majalikar

Learn about:
- Ravana's ancestors
- Ravana's prowess and his fault lines
- Ravana's various wars
- Rama's brothers and their sons
- End of Sita, Rama and his brothers
- And other strange stories

This book is dedicated to the loving memory of
my aunt Sudha Majalikar

- Transmission or copying of the book in any form is not allowed without permission from the author.
- I express my gratitude to my teachers, friends, students and family for their continued inspiration and support in my study of Sanskrit.
- All the images in this book are sourced from commons.wikimedia.org. The images are either in the public domain, or under the Creative Commons license (en.wikipedia.org/wiki/Creative_Commons)

Foreword

Ramayanam, authored by Valmiki, is India's most popular epic. It recounts the historical story of Rama and his life. The story is very popular across many countries throughout the world. The main part of the story narrates the travails of Rama, his wife Sita, and brother Lakshmana when they travel across India. Sita is abducted by Ravana, the king of Lanka, and she is taken to Lanka. The story seems to end with Rama slaying Ravana and returning to Ayodhya with Sita.

However, the tailpiece of Ramayanam, set as a separate section and known as Uttarakandam, provides additional context to the main story. It provides important and astonishing details about Ravana's birth, his crusades, his ancestors, and family, along with some interesting stories. The section ends with details of the coronation of the sons of Rama and his brothers, and Rama entering the Sarayu river.

These stories are not in much circulation. This book presents these stories in simple Sanskrit and English. Sanskrit learners can use this book to practice reading. The book captures the essence of the entire Uttarakandam without losing the important details of the stories. For each story, chapter numbers from Uttrakandam are given for reference. At the end, in the appendix, the meanings of some special words are given for easy understanding.

I hope the readers will find this book interesting and useful.

Sanjeev Majalikar   *https://bhashabodha.blogspot.com*
Ramanavami   Shubhakrit Vikrama Samvat 2079 (10-April-2022)

Other books by the same author, available on all Amazon websites and Pothi.com in India:
- Shiksha Bodha: A Guide to Sanskrit Pronunciation
- Samskrita Bodhinii: Study Guide for Spoken Sanskrit
- Sarasa Katha Kaumudi: Short Stories in Sanskrit with English Translation
- Bhagavata Laghu Katha Sangraha: Short Stories in Sanskrit
- Panchatantram – The Handbook of Five Strategies The Complete Book in Simple Sanskrit & English

For more details, visit:
https://bhashabodha.blogspot.com/p/booksapps.html

Table of Contents

रामस्य प्रश्नः 1

Rama's Question 2

पौलस्त्यस्य जननम् 3

Birth of Paulastya 5

नूतनः दिक्पालकः 7

The New Guardian of Direction 9

लङ्कानगरस्य निर्माणम् 11

Construction of The City of Lanka 13

लङ्कानगरार्थं युद्धम् 15

The Battle for Lanka 17

दशग्रीवस्य जननम् 19

Birth of Ravana 21

भ्रातृत्रयेण वरप्राप्तिः 23

The Trio Gets the Boons 25

रावणस्य राज्याभिषेकः 27

Coronation of Ravana 28

मेघनादस्य जननम् 29

Birth of Meghanada 31

रावणस्य दर्पः 32

Ravana's Arrogance 34

रावणस्य कैलासयात्रा 36

Ravana goes to Mount Kailasa 39

वेदवतीशापः 41

Vedavati's Curse 43

मयूरनेत्रम् 44

Peacock's Eye 46

रावणस्य दिग्विजयः 47

Ravana's Crusades 50

स्त्रीगणस्य शापः 52

Women's Curse 53

भगिनी कुम्भीनसी 54

Sister Kumbhinasi 56

नलकूबरशापः 57

Nalakubara's Curse 58

इन्द्रजित् मेघनादः 59

Meghanada conquers Indra 61

रावणस्य अर्जुनेन सह युद्धम् 63

Ravana fights with Arjuna 66

मारुतिजननम् 68

Birth of Maruti 71

रामसभा 73

Rama's Court 74

वालि-सुग्रीव-जन्म-वृत्तान्तम् 75

Birth of Vali and Sugriva 77

रावणस्य नारायणलोकप्राप्तेः इच्छा 78

Ravana aims to get the Abode of Narayana 80

सीतावियोगः 82

Separation of Sita 85

नृगराजस्य कथा 87

Story of King Nriga 88

जनकस्य जननम् 89

Birth of Janaka 91

राजा ययातिः 93

King Yayaati 95

लवकुशजननम् 96

Birth of Lava and Kusha 99

लवणासुरवधः 101

Slaying of Lavanasura 103

शम्बूकवधः 105

Slaying of Shambuka 107

श्वेतस्य मुक्तिः 109

Liberation of Shveta 111

दण्डकारण्यस्य निर्माणम् 113

Making of Dandakaranya 115

वृत्रासुरवधः 117

Slaying of Vritrasura 119

इलस्य कथा 121

Story of Ila 122

इलायाः कथा 123

Story of Ilaa 126

अश्वमेधयज्ञः **128**

Ashvamedha Sacrifice 129

लवकुशगानम् **130**

Singing by Lava and Kusha 132

सीतायाः भूप्रवेशः **134**

Sita enters Earth 137

तक्षशिलानगरस्य निर्माणम् **139**

Founding the City of Takshashila 141

कालपुरुषस्य मेलनम् **143**

Meeting of Kaala (Time) 145

लवकुशयोः राज्यप्राप्तिः **147**

Lava and Kusha get the Kingdom........................... 149

रामस्य अवतारसमाप्तिः **151**

Rama disappears from Earth 153

Appendix – Some Important Words 154

रामस्य प्रश्नः

पितृवाक्यपरिपालनार्थं धर्मनिष्ठः रामः अयोध्यापुरीं त्यक्त्वा वनं गतवान्। तस्य पत्नी सीता तथा भ्राता लक्ष्मणः च रामेण सह वनं गतौ। लङ्काधिपतिः रावणः वने सीतापहरणं कृतवान्। रामः रावणं युद्धे निहत्य सीतया लक्ष्मणेन च सह अयोध्यां पुनरागच्छत्। तत्र राजपदम् अलङ्कृत्य रामः पृथिवीं पालयति स्म। रावणवधं श्रुत्वा भारतवर्षे स्थिताः सर्वे मुनिगणाः हृष्टाः। ते राममम् अभिनन्दितुम् अयोध्यानगरीम् आगताः। अगस्त्यवसिष्ठभरद्वाजजमदग्न्यादिमुनयः रामं प्राप्य रामकार्यस्य श्लाघनं कृतवन्तः। ते अवदन् - "रावणः देवैः अपि अवध्यः आसीत्। तस्य वधं कृतवान् त्वं प्रशंसनीयः। ततोऽपि रावणपुत्रः इन्द्रजित् मायावी बलवान् आसीत्। दिष्ट्या एव सः लक्ष्मणेन युद्धे हतः"। तत् वचनं श्रुत्वा रामः बद्धाञ्जलिः अवदत् - "रावणात् अपि तस्य पुत्रः इन्द्रजित् कथं बलवान् आसीत्। सः कथं बलं प्राप्तवान् इति ज्ञातुम् इच्छामि"। तदा अगस्त्यमुनिः अवदत् - "हे राम, रावणकुलस्य वृत्तान्तं कथयामि। श्रृणु तां कथाम्"।

Rama's Question

Rama, the virtuous one, left the city of Ayodhya and went to the forest to keep his father's promise. His wife, Sita and brother, Lakshmana also went with him to the forest. In the forest, Ravana, the ruler of Lanka abducted Sita. Rama killed Ravana in the battle and returned to Ayodhya with Sita and Lakshmana. He was coronated there and ruled over the earth. Hearing that Ravana was killed, all the sages in the Indian region were delighted. They came to the city of Ayodhya to congratulate Rama. Agastya, Vaishtha, Bharadvaja, Jamadagni, and other sages reached Rama and praised his work. They said, "Ravana was invincible, even by the gods. You killed him, and that is commendable. Ravana's son, Indrajit, was even more powerful and an illusionist. Fortunately, he was killed by Lakshmana in the battle. Hearing that, Rama, with folded hands, said: "How was his son Indrajit more powerful than Ravana? How did he obtain the power? I would like to know." Then the sage Agastya said: "O Rama, I will narrate the story of Ravana's family. Listen to that story. "

(Chapter 1)

पौलस्त्यस्य जननम्

चतुर्मुखस्य पुत्रः ब्रह्मर्षिः पुलस्त्यः । सः मेरुपर्वतप्रदेशे तपः करोति स्म । पुलस्त्यऋषेः आश्रमप्रदेशः अतीव रमणीयः आसीत् । तत्र अनेकाः कन्याः राजपुत्र्यः च विहारार्थं पुनः पुनः गच्छन्ति स्म । ते विहारकाले गायनं वादनं कुर्वन्ति स्म । तत्कारणात् ऋषेः तपसि विघ्नः भवति स्म । तस्मात् त्रस्तः पुलस्त्यऋषिः शापं दत्तवान् - "या कन्या आश्रमप्रदेशम् आगच्छति, मम दर्शनं करोति सा गर्भवती भविष्यति" । तृणबिन्दुः नाम तस्य प्रदेशस्य राजा आसीत् । तृणबिन्दुराजस्य पुत्री पुलस्त्यऋषेः शापस्य विषये न जानाति स्म । एकदा सा तस्मिन् आश्रमप्रदेशे प्रवेशं कृतवती । तत्र वने वेदपठनं कुर्वाणं पुलस्त्यमुनिं दृष्टवती । ऋषेः दर्शनात् एव राजपुत्री गर्भवती अभवत् ।

यदा सा राजभवनम् प्राप्तवती तदा राजा तृणबिन्दुः पुत्र्याः शरीरे परिवर्तनं दृष्टवान् । राजा अपृच्छत् - "पुत्रि, किमर्थम् एतादृशी देहस्थितिः तव?" राजकन्या अवदत् - "किमर्थं मम ईदृशी स्थितिः इति अहं न जानामि । परन्तु यदा अहं पुलस्त्याश्रमं गतवती तदा एव मम रूपपरिवर्तनं जातम्" ।

राजा तदा पुत्रीं गृहीत्वा पुलस्त्यस्य आश्रमम् अगच्छत् । स्वपुत्रीं भिक्षारूपेण स्वीकरोतु इति पुलस्त्यऋषिं प्रार्थितवान् । पुलस्त्यः तां राजपुत्रीं पत्नीरूपेण स्वीकृतवान् ।

सा पुलस्त्यपत्नी आश्रमे भक्त्या पत्युः सेवाम् अकरोत्। ऋषिः संतुष्टः अभवत्। सः पत्न्यै पुत्रवरं दत्तवान्। कालान्तरे पुलस्त्यपत्न्यां पुत्रः जातः। सः पुलस्तस्य पुत्रः पौलस्त्यः विश्रवाः इति नाम्ना लोके ख्यातः अभवत्। विश्रवाः स्वपिता इव व्रताचारपरायणः तपस्वी अभवत्।

Birth of Paulastya

Brahma's son is the sage Pulastya. He was doing penance in the area of Mount Meru. Sage Pulastya's hermitage area was very beautiful. Many girls and princesses used to go there frequently for picnics. During the picnic time, they used to sing and dance. For that reason, there used to be trouble with the sage's penance. Bothered by that, sage Pulastya cursed-"That girl who comes to the hermitage area and looks at me, will become pregnant." The king of that area was Trinabindu. Trinabindu's daughter did not know about the curse. Once, she entered the area of that hermitage. In the forest, she saw the sage Pulastya chanting the vedas. Just by looking at the sage, the princess became pregnant.

When she reached the palace, the king, Trinabindu, saw the changes in the daughter's body. The king asked, "Daughter, why is the condition of your body like this?" The princess said, "I do not know why my condition is like this. But when I went to Pulastya's hermitage, my form became like this. "

The king then took the daughter and went to Pulastya's hermitage. He prayed to the sage Pulastya to accept his daughter as an offering. Pulastya accepted that princess in the form of his wife.

Pulastya's wife did the service for Pulastya with dedication. The sage became happy. He gave the boon of a son to the wife. After some time, to Pulastya's wife, a son was born. That

Pulastya's son Paulastya became famous in the world as Vishravaa. Vishravaa, like his father, became a practitioner of rituals and a doer of penance.

(Chapter 2)

नूतनः दिक्पालकः

पुलस्त्यपुत्रः विश्रवाः धर्मपरायणः आसीत् । तस्य विवाहः भरद्वाजमुनेः पुत्र्या सह अभवत् । कालान्तरे तस्य एकः पुत्रः जातः । तस्य नाम वैश्रवणः । सः अपि शीलवान् गुणवान् आसीत् । वैश्रवणः वने तपः अकरोत् । तदा प्रीतः ब्रह्मदेवः वैश्रवणस्य समीपम् आगतवान् । ब्रह्मदेवः अवदत् - "हे वैश्रवण । अहं तव तपसा प्रसन्नः । वरं दातुम् इच्छामि" । वैश्रवणः अवदत् - "हे ब्रह्मदेव, अहं लोकपालत्वम् इच्छामि" । ब्रह्मा अवदत् - "इदानीं यमः इन्द्रः वरुणः त्रयः लोकपालाः सन्ति । त्वं धनाध्यक्षः भूत्वा चतुर्थः लोकपालः भविष्यसि । पुष्पकं नामकम् एतत् विमानम् अपि ददामि । अनेन विमानेन त्रिलोकेषु त्वं यानं कर्तुं शक्नोषि" । इति उक्त्वा ब्रह्मदेवः स्वलोकं गतवान् । वैश्रवणः पितुः समीपम् आगत्य सर्ववृत्तान्तम् अकथयत् ।

वैश्रवणः अवदत् - "हे पूज्यपितः, ब्रह्ममुखात् लोकपालत्वं प्राप्तम् । पुष्पकविमानम् अपि प्राप्तम् । परन्तु निवासार्थं मम स्थानं नास्ति । कृपया भवान् मदर्थं निवासयोग्यस्थानं निर्दिशतु" । विश्रवाः अवदत् - "हे पुत्र, दक्षिणसमुद्रतीरे त्रिकूटपर्वतः अस्ति । तस्य पर्वतस्य अग्रभागे सुन्दरं लङ्कानगरम् अस्ति । तत् नगरं राक्षसानां निवासार्थं देवशिल्पी विश्वकर्मा निर्मितवान् । विष्णुदेवस्य भयात् राक्षसाः तत् नगरं त्यक्त्वा पाताललोकं

निर्गताः। इदानीं लङ्कानगरे जनाः न सन्ति। लङ्कानगरे त्वं निवासं कुरुष्व"।

वैश्रवणः परिजनैः सह लङ्कानगरं गत्वा निवासम् अकरोत्। काले काले सः लङ्कानगरात् पितुः आश्रमं पुष्पकविमानेन आगच्छति स्म। आश्रमे मातापितृभ्यां सह मिलति स्म।

The New Guardian of Direction

Pulastya's son, Vishravaa, was a righteous man. His marriage took place with the daughter of Sage Bharadvaja. After some time, a son was born to him. His name was Vaishravana. He was also a person of character and morals. Vaishravana did penance in the forest. Then, God Brahma, pleased, came near Vaishravana. God Brahma said, "Hey Vaishravana, I am pleased by your penance. I would like to give you a boon." Vaishravana said - "Hey God Brahma, I wish the guardianship of the world". God Brahma said, "At present, Yama, Indra, and Varuna are the three guardians of the world. You will become the keeper of wealth and the fourth guardian of the world. I will give you this aerial vehicle, named "Pushpaka." With this plane, you will be able to travel around the three worlds. " Saying thus, God Brahma went to his abode. Vaishravana came to his father and told him all that happened.

Vaishravana said, "Hey respectful father, the guardianship of the world was obtained (by me). The plane, Pushpaka, was also obtained. But I do not have a place to live. You kindly suggest a proper place to live for me. Vishravaa said, "Hey son, on the banks of the southern sea, there is Trikuta mountain. Atop that mountain, there is the beautiful city of Lanka. Vishwakarma, the architect of the gods, built that city for the rakshasas to live in. Because of fear of God Vishnu, the rakshasas left that city and went to the Patala world. At present, there are no people in the city of Lanka. You live in the city of Lanka. "

Vaishravana, with his people, went to the city of Lanka and lived there. From time to time, he used to come to his father's hermitage from Lanka city. In the hermitage, he used to meet his parents.

(Chapter 3)

लङ्कानगरस्य निर्माणम्

पुरातनकाले राक्षसेषु हेतिः प्रहेतिः इति द्वौ भ्रातरौ बलवन्तौ । प्रहेतिः धार्मिकः आसीत् । सः तपश्चरणार्थं वनम् अगच्छत् । हेतिराक्षसस्य विवाहः भया नाम कन्यया सह अभवत् । तयोः विद्युत्केशः इति पुत्रः जातः । विद्युत्केशस्य पत्नी सालकटङ्कटा इति । सा किञ्चित्कालेन गर्भवती अभवत् । परन्तु सा गर्भं पर्वतप्रदेशे विसर्जनं कृत्वा गृहं गतवती । ततः जातः नूतनशिशुः रोदितुम् आरब्धवान् । तस्मिन् समये भगवान् शिवः पार्वत्या सह समीपे एव चरति स्म । शिवपार्वत्यौ शिशोः रोदनं श्रुतवन्तौ । तौ शिशुं दृष्ट्वा कारुण्यभावं प्राप्तवन्तौ । शिवः शिशवे तारुण्यम् अमरत्वं च दत्तवान् । ततःपरं सर्वे नूतनजाताः राक्षसशिशवः झटिति तारुण्यं प्राप्नुवन्तु इति अपि शिवः वरं दत्तवान् ।

एवं तारुण्यम् अमरत्वं च प्राप्य हेतिराक्षसस्य पौत्रः सुकेशः नाम्ना लोके ख्यातः अभवत् ।

सुकेशराक्षसस्य विवाहः देववती इति कन्यया सह अभवत् । तयोः त्रयः पुत्राः जाताः - माल्यवान् सुमाली माली इति । ते यौवनकाले वने घोरतपः आचरन् । तेषां तपसा सन्तुष्टः ब्रह्मदेवः अजेयत्वम् अमितबलं चिरञ्जीवित्वं च दत्तवान् ।

ब्रह्मदेवेन वरं प्राप्ताः त्रयः राक्षसाः लोके सज्जनान् पीडयन्ति स्म । तेषाम् आदेशात् देवशिल्पी विश्वकर्मा दक्षिणसमुद्रतटे त्रिकूटपर्वतस्य शिखरप्रदेशे सुन्दरं लङ्कानगरं निर्मितवान् । राक्षसभ्रातरः परिवारजनैः सह लङ्कानगरे संतोषेण वसन्ति स्म ।

माल्यवतः पत्न्याः नाम सुन्दरी । तयोः वज्रमुष्टिः विरूपाक्षः दुर्मुखः सुप्तघ्नः यज्ञकोपः मत्तः उन्मत्तः इति सप्त पुत्राः जाताः । अनला नाम कन्या अपि जाता । सुमालिनः पत्नी केतुमती । तयोः दश पुत्राः प्रहस्तः अकम्पनः विकटः कालिकामुखः धूम्राक्षः दण्डः सुपार्श्वः संह्रादिः प्रघसः भासकर्णः चेति । पुत्र्यः चतस्रः राका पुष्पोत्कटा कैकसी कुम्भीनसी चेति । मालिनः पत्नी वसुदा । तयोः चत्वारः पुत्राः अनलः अनिलः हरः संपातिः च । इमे मालिपुत्राः कालान्तरे विभीषणस्य सचिवाः अभवन् । सर्वे एते राक्षसाः अनुचरैः सह बलदर्पिताः लोके ऋषिसज्जनेभ्यः पीडादायकाः आसन् ।

Construction of The City of Lanka

In the olden times, amongst the rakshasas, two brothers named Heti and Praheti were powerful. Praheti was virtuous. He went to the forest for penance. Heti's marriage took place with a girl named Bhaya. To them, a son named Vidyutkesha was born. Salakatankata was the name of Vidyutkesha's wife. She became pregnant after some time. But she abandoned the fetus in a hilly area and went home. The new baby born out of it started crying. At that time, God Shiva was roaming nearby with Parvati. Shiva and Parvati heard the cry of the baby. Seeing the baby, they felt sympathy for the baby. Shiva gave youth and immortality (long life) to the baby.

Thus, obtaining youth and immortality, the grandson of the Heti rakshasa became famous by the name Sukesha in this world.

Sukesha rakshasa's marriage took place with a girl called Devavati. Three sons were born of them- Malyavan, Sumali, and Mali. They, during their youth, performed a formidable penance. Pleased by their penance, God Brahma gave them invincibility, great power, and long life.

Having obtained the boon from God Brahma, the three rakshasas used to trouble the good people in the world. By their order, the divine architect, Vishvakarma, built the beautiful city of Lanka on the peak of Trikuta mountain on the banks of the southern sea. The rakshasa brothers, with their people, were living in the city of Lanka happily.

Malyavan's wife's name was Sundari. Of them, seven sons and a daughter were born. Sumali's wife was Ketumati. Of them, there were ten sons and four daughters- Raka, Pushpotkata, Kaikasi, and Kumbhinasi. Malini's wife was Vasuda. Of them, there were four sons- Anala, Anila, Hara, and Sampati. These sons of Mali, over time, became the ministers of Vibhishana (Ravana's brother). All these rakshasas with their followers, arrogant about their power, were troublesome for sages and good people.

(Chapter 4-5)

लङ्कानगरार्थं युद्धम्

माल्यवान् सुमाली माली एते राक्षसाः देवान् ऋषीन् पीडयितुम् आरब्धवन्तः । ततः त्रस्ताः देवऋषिगणः शङ्करदेवस्य समीपं गतः । देवः शङ्करः अवदत् - "अहं पूर्वं सुकेशराक्षसाय वरं दत्तवान् । अतः अहम् एतेषां सुकेशपुत्राणां निग्रहणं न करोमि । भवन्तः सर्वे विष्णोः समीपं गच्छन्तु" । देवऋषिगणः विष्णोः निलयं वैकुण्ठम् अगच्छत् । लोकरक्षणार्थं ते सर्वे भगवन्तं विष्णुं प्रार्थितवन्तः । शीघ्रम् एव तत् राक्षसत्रयं हनिष्यामि इति विष्णुः देवऋषिगणाय अभयं दत्तवान् ।

भगवतः विष्णोः सङ्कल्पं दूतमुखेन ज्येष्ठराक्षसः माल्यवान् श्रुतवान् । देवान् प्रति राक्षसाः बहु क्रोधिताः अभवन् । ते राक्षसाः सेनया सह देवलोकं प्रति प्रयाणम् अकुर्वन् । तां विशालां राक्षससेनां दृष्ट्वा देवगणः भीतः । देवाः सर्वे भगवन्तं विष्णुं रक्षणार्थं प्रार्थितवन्तः । विष्णुः गदाचक्रधनुर्बाणसहितः गरुडारूढः राक्षससेनायाः पुरतः आगतवान् । सुमाली विष्णुना सह भीषणं युद्धं कृतवान् । युद्धसमये सुमाली गरुडस्य उपरि आयुधेन तीव्रं प्रहारम् अकरोत् । प्रहारात् पीडितः गरुडः युद्धात् विमुखः अभवत् । तदा विष्णुः चक्रायुधेन सुमालिराक्षसस्य हननम् अकरोत् ।

सुमालिनः मरणात् भीता राक्षससेना पलायनपरा अभवत् । विष्णुः पलायमानान् राक्षसान् बाणैः हन्तुम् आरब्धवान् । तत् दृष्ट्वा राक्षसनायकः

माल्यवान् अवदत् - "हे विष्णो, पलायनपराणां हननं न उचितम्। भवान् युद्धात् विरमतु"। विष्णुः अवदत् - "देवाः मम प्रियाः। तेषां रक्षणं मम कार्यम्। अतः देवपीडकानां हननम् अहं करोमि"। तत् श्रुत्वा माल्यवान् विष्णुना सह घोरयुद्धं कृतवान्। परन्तु विष्णोः अग्रे तस्य बलं व्यर्थम् अभवत्। पराजितः माल्यवान् ततः पलायनम् अकरोत्। नायकस्य पलायनात् तस्य अनुजः माली तथा अन्ये राक्षसाः अपि ततः पलायनं कृतवन्तः। ते सर्वे राक्षसाः विष्णोः भयात् लङ्कानगरं त्यक्त्वा रसातले निवासं कृतवन्तः। अनन्तरं पितुः विश्रवसः निर्देशात् वैश्रवणः लङ्कानगरं गत्वा निवासं कृतवान्।

The Battle for Lanka

Malyavan, Sumali, Mali- these rakshasas started to trouble the gods and sages. Troubled by rakshasas, the group of gods and sages went to God Shankara. God Shankara said, "I gave a boon to the rakshasa Sukesha before." Therefore, I won't subdue Sukesha's sons. You all approach Vishnu. " The group of gods and sages went to Vaikuntha, the abode of Vishnu. Vishnu gave assurance to the group of gods and sages that soon he would kill the rakshasa trio.

The eldest rakshasa Malyavan, heard Vishnu's resolve through a messenger. The rakshasas became very angry with the gods. Those rakshasas traveled toward the abode of the gods with their army. Seeing that large army of the rakshasas, the group of gods was scared. All the gods prayed to Vishnu for protection. Vishnu, with mace, wheel, bow, and arrow, mounted on Garuda, came in front of the rakshasa army. Sumali did a fierce battle with Vishnu. During the battle, Sumali made a strong blow on Garuda with a weapon. Pained by the blow, Garuda turned away from the battle. Then, Vishnu killed the rakshasa Sumali with the wheel weapon.

Frightened by the death of Sumali, the rakshasa army started to run away. Vishnu started to kill the rakshasas running away, with arrows. Seeing that, the leader of the rakshasas, Malyavan, said, "Hey Vishnu, it is not right to kill those who are running away. Stop the battle. " Vishnu said, "The gods are dear to me. Protecting them is my work. Therefore, I kill those who trouble the gods." Hearing that, Malyavan fought a fierce battle with Vishnu. But in front of Vishnu, his strength became useless. Defeated, Malyavan ran away from there. Because the leader ran away, his brother Mali and other rakshasas also ran away from there. All those rakshasas, afraid of Vishnu, abandoned the city of Lanka and lived in Rasatala (the netherworld). Thereafter, per the instructions of his father, Vaishravana went to the city of Lanka and lived there.

(Chapters 6-8)

दशग्रीवस्य जननम्

एकदा राक्षसः सुमाली पुत्र्या सह भूलोकं विहारार्थम् आगतः। तस्य पुत्र्याः नाम कैकसी। तस्मिन् समये वैश्रवणः पुष्पकविमानेन आकाशमार्गे गच्छति स्म। तत् दृष्ट्वा असूयापरः राक्षसः सुमाली कथं स्वपरिवारस्य उन्नतिः भवेत् इति चिन्तितवान्। सः पुत्रीं कैकसीम् अवदत् - "पुत्रि, अत्र समीपे वने विश्रवाः नाम महर्षिः वसति। अस्माकं राक्षसकुलस्य कल्याणार्थं त्वं तस्य महर्षेः समीपं गच्छ। तस्मात् सन्तानवरं प्रार्थय"। तथा सा युवती कैकसी महर्षेः समीपं गत्वा लज्जया तस्य पुरतः स्थिता। महर्षिः विश्रवाः पृष्टवान् - "हे कन्ये, तव नाम किम्? अत्र किमर्थम् आगता?" कैकसी अवदत् - "महर्षे, मम नाम कैकसी। अग्रे भवान् एव जानातु"। महर्षिः विश्रवाः ध्यानबलात् तस्याः सन्तानकामनां ज्ञातवान्। सः कैकसीम् अवदत् - "हे कैकसि, अहं तुभ्यं सन्तानवरं ददामि। इदानीम् अशुभकालः अस्ति इति कारणात् प्रायः दुष्टसन्तानस्य प्राप्तिः भवति"। तदा कैकस्यां प्रथमः शिशुः जातः। तस्य दश मुखानि विंशतिः भुजाः आसन्। सः दशग्रीवः इति ख्यातः अभवत्। द्वितीयः शिशुः महाकायः सर्वभक्षकः आसीत्। तस्य नाम कुम्भकर्णः। तृतीया विकृतमुखसहिता कन्या जाता। तस्याः नाम शूर्पणखा। चतुर्थः बालकः धर्मपरायणः आसीत्। तस्य नाम विभीषणः। एते सर्वे वनप्रदेशे वर्धिताः युवावस्थां प्राप्तवन्तः। दशग्रीवः स्वभावतः क्रूरः आसीत्। कुम्भकर्णः मुनिजनान् पीडयन् तान् खादति स्म।

एकदा वैश्रवणः पुष्पकविमानेन आकाशमार्गे गच्छति स्म । तत् दृष्ट्वा कैकसी अवदत् - "मम प्रियपुत्राः, एषः युष्माकं भ्राता वैश्रवणः । तस्य ऐश्वर्यं पश्यन्तु । विमानेन सर्वदा आकाशे सञ्चरति । सुवर्णमयी लङ्का तस्य नगरम् । तादृशम् ऐश्वर्यं यूयम् अपि कथञ्चित् प्राप्नुवन्तु" । तदा दशग्रीवः तादृशम् ऐश्वर्यं निश्चयेन प्राप्नोमि इति शपथं कृतवान् । तस्य साधनार्थं दशग्रीवः कुम्भकर्णः विभीषणः च तपः कर्तुम् आरम्भं कृतवन्तः ।

Birth of Ravana

Once, the rakshasa Sumali and his daughter came to Bhuloka (earth) for a stroll. His daughter's name was Kaikasi. At that time, Vaishravana, in the Pushpaka plane, was going by the sky route. Seeing that, the jealous rakshasa Sumali thought about how his own kin could prosper. He said to the daughter, Kaikasi, "Daughter, in the forest near here, lives a sage by the name of Vishrava. For the betterment of our demon race, you should go near that sage. From him, ask for the boon of an offspring. Thus, the young Kaikasi went to the sage and stood with shyness in front of him. Sage Vishrava asked, "Hey girl, what is your name? Why have you come here? " Kaikasi said, "O Sage, my name is Kaikasi. The rest you can figure out for yourself. " The sage Vishrava, with meditational power, came to know about her wish for an offspring. He said to Kaikasi, "I will grant your wish for an offspring. But right now is an inauspicious time. Therefore, mostly evil offspring will be born. Then the first baby was born to Kaikasi. The baby had ten faces and twenty arms. He came to be known as Dashagriva. The second baby had a big body and was able to eat anything. His name was Kumbhakarna. The third was a girl with an ugly face. Her name was Shurpanakha. The fourth boy was a follower of morality. His name was Vibhishana. All these were brought up in the forest area and attained the age of youth. Dashagriva, by nature, was cruel. Kumbhakarna, troubling the sages, used to eat them.

Once, Vaishravana, in the Pushpaka plane, was going by the sky route. Seeing that, Kaikasi said, "My dear sons, this is your brother Vaishravana. Look at his wealth. He always wanders in the sky using the plane. His city is the golden Lanka.You also obtain that kind of wealth somehow". Then, Dashagriva took a vow to certainly obtain that kind of wealth. To achieve it, Dashagriva, Kumbhakarna, and Vibhishana started to do penance.

(Chapter 9)

भ्रातृत्रयेण वरप्राप्तिः

कैकसीपुत्राः दशग्रीवः कुम्भकर्णः विभीषणः च वने बहुकालं घोरं तपः कृतवन्तः । दशग्रीवः स्वस्य प्रत्येकं मुखं कर्तयित्वा अग्नौ अर्पितवान् । तस्य दशममुखस्य होमसमये ब्रह्मदेवः प्रत्यक्षः अभवत् । ब्रह्मदेवः अवदत् - "हे दशग्रीव, तव तपःकारणात् अहं प्रसन्नः । यथेच्छं वरं पृच्छतु" । दशग्रीवः अवदत् - "लोके मृत्युः अति भयङ्करः । अतः मम मृत्युः सर्वथा न भवेत् इति वरं ददातु" । ब्रह्मदेवः अवदत् - "सर्वथा अमरत्वं न शक्यम् । अतः कञ्चित् अन्यं वरं पृच्छतु" । दशग्रीवः प्रणम्य अवदत् - "तर्हि एवं वरं ददातु यतः पक्षिभिः नागैः यक्षैः दैत्यैः दानवैः राक्षसैः देवैः च मम मरणं न भवेत् । मनुष्यादयः अन्ये प्राणिनः तृणसमानाः दुर्बलाः । तेभ्यः मम चिन्ता नास्ति" । ब्रह्मदेवः तथास्तु इति दशग्रीवाय वरं दत्तवान् । अपि च ब्रह्मदेवः दशग्रीवस्य अग्नौ हुतानि मुखानि सर्वाणि पुनः दत्तवान् । यथेच्छं रूपपरिवर्तनं कर्तुं शक्नोषि इति अपि अन्यं वरं दशग्रीवाय सः दत्तवान् ।

अनन्तरं ब्रह्मदेवः विभीषणं पृष्टवान् - "भवान् कीदृशं वरम् इच्छति?" विभीषणः अञ्जलिं कृत्वा उक्तवान् - "देव, आपत्कालेषु अपि कदापि मम मतिः धर्मे सुदृढा भवेत् । सर्वेषु आश्रमेषु धर्मपालने च्युतिः न भवेत् । शिक्षणं विना मम ब्रह्मास्त्रप्राप्तिः भवेत्" । ब्रह्मदेवः तथास्तु इति विभीषणाय वरं दत्तवान् ।

अनन्तरं ब्रह्मदेवः कुम्भकर्णाय वरं दातुं तस्य समीपं गतवान्। तदा देवाः सर्वे ब्रह्मदेवम् अवदन् - "हे ब्रह्मदेव, एषः कुम्भकर्णः अति क्रूरः बलवान् अपि। वरं विना एव एषः बहून् मुनिजनान् मनुष्यान् च खादितवान्। वरबलात् सः त्रिलोकेषु भयं जनयति। अतः कृपया एषः मोहितः भवेत् इति किञ्चित् करोतु"। तत् श्रुत्वा ब्रह्मदेवः सरस्वतीदेव्याः स्मरणम् अकरोत्। सरस्वतदेवी अदृश्यरूपेण तत्र अगच्छत्। ब्रह्मदेवः ताम् अवदत् - "हे देवि, मम वरप्रदानसमये त्वम् अस्य राक्षसस्य जिह्वायां स्थित्वा तस्य वाणी भव"। देवी सा कुम्भकर्णस्य जिह्वायां स्थितवती। ब्रह्मदेवः कुम्भकर्णं पृष्टवान् - "भवान् कीदृशं वरम् इच्छति?" कुम्भकर्णः अवदत् - "अहम् अनेकवर्षपर्यन्तं निद्राम् इच्छामि"। ब्रह्मदेवः तथास्तु इति कुम्भकर्णाय वरं दत्तवान्। अनन्तरं देवी सरस्वती तस्य मुखात् निर्गत्य स्वलोकं गतवती। ब्रह्मदेवः अपि अदृश्यः अभवत्। कुम्भकर्णः तदा एतादृशं वाक्यं स्वस्य मुखात् बहिः कथम् आगतम् इति बहु दुःखितः अभवत्।

The Trio Gets the Boons

The sons of Kaikasi - Dashagriva, Kumbhakarna, and Vibhishana did intense penance for a long time in the forest. Dashagriva severed each of his heads and burned them in the fire. At the time of the offering of the tenth head, God Brahma appeared. Brahma said, "Hey Dashagriva, I am pleased because of your penance. "Ask for a boon as you see fit." Dashagriva said, "In the world, death is very scary. Therefore, give me the boon that I will never die". God Brahma said, "Eternity is impossible. Therefore, ask for some other boon. " Dashagriva said, "In that case, give me such a boon that by birds, serpents, yakshas, daityas, danavas, rakshasas, or by gods, I shall not die. Other animals, like humans, etc., are like straw, weak. I am not worried about them." Brahma said, "Let it be so" and granted him the boon. Also, Brahma gave back all the heads of Dashagriva that were offered in the fire. He also gave another boon to Dashagriva, that you would be able to change your form as you wish.

After that, Brahma asked Vibhishana, "What kind of hoon would you like?" Vibhishana folded his hands and said, "O God, at any time, even during distress, my mind should be firm in morality. In all walks of (my) life, there should not be any deviation from the following code of morality. Without effort, I shall get the Brahmastra (weapon of Brahma)". God Brahma said, "Let it be so," and granted Vibhishana a boon.

Thereafter, Brahma went to Kumbhakarna to grant him the boon. Then all the gods said to Brahma, "Hey Brahma, this Kumbhakarna is very cruel and also strong. Even without the boon, he ate many sages and humans. With the power of the boon, he would create fear in the three worlds. Therefore, please do something such that he becomes illusioned. " Hearing that, Brahma recalled the Goddess Saraswati. Saraswati came there in invisible form. He said to her, "Hey Goddess, during the time of my boon, you stay in the tongue of this demon and become his speech." That goddess stayed on in the tongue of Kumbhakarna. Brahma asked Kumbhakarna, "What kind of boon do you wish?" Kumbhakarna said, "I would like to sleep for a lot of time." Brahma said, "Let it be so" and granted him the boon. After that, Saraswati left his mouth and went back to her world. Brahma also disappeared. Kumbhakarna became very sorrowful about how those words came out of his mouth.

(Chapter 10)

रावणस्य राज्याभिषेकः

दशग्रीवः ब्रह्मदेवात् महावरं प्राप्तवान् इति ज्ञात्वा तस्य मातामहः राक्षसः सुमाली अतीव हृष्टः अभवत्। सुमाली दशग्रीवम् अवदत् - "तात, भवान् ब्रह्मदेवात् अत्यमोघं वरं प्राप्तवान्। इदानीं भवन्तं जेतुं कोऽपि न शक्नोति। पूर्वं लङ्कानगरम् अस्माकं राक्षसानाम् एव आसीत्। परन्तु इदानीं तत्र तव भ्राता वैश्रवणः वसति। भवान् कथञ्चित् पुनः तत् नगरं प्राप्नोतु। राक्षसराज्यं स्थापयतु"। तत् श्रुत्वा दशग्रीवः प्रहस्तनामकं सचिवं वैश्रवणस्य समीपं प्रेषितवान्। प्रहस्तः वैश्रवणस्य समीपं गत्वा अवदत् - "कैकसीपुत्रः रावणः लङ्कानगरं प्राप्य राक्षसराज्यं स्थापयितुम् इच्छति। अतः भवान् नगरं परित्यज्य अन्यत्र गच्छतु"। वैश्रवणः पितुः विश्रवसः समीपं गत्वा किं कर्तव्यम् इति अपृच्छत्। विश्रवाः अवदत् - "रावणः इदानीं ब्रह्मदेवात् वरं लब्ध्वा बहु बलवान् जातः अस्ति। अतः तेन सह वैरं न उचितम्। भवान् लङ्कानगरं त्यजतु। हिमालयपर्वतप्रदेशं गत्वा निवसतु"। तथैव वैश्रवणः लङ्कां परित्यज्य हिमालयपर्वतं गतवान्। तदनन्तरं रावणः सचिवैः तथा राक्षसजनैः सह लङ्कानगरम् आक्रम्य राजपदे अभिषिक्तः।

Coronation of Ravana

Upon learning that Dashagriva had obtained a great boon from God Brahma, his grandfather Sumali became very happy. Sumali told Dashagriva, "Dear, you have obtained an unfailing boon from Brahma." Now, nobody is able to defeat you. In the past, the city of Lanka belonged to us rakshasas only. But now, your brother Vaishravana lives there. You somehow get that city back. Establish the kingdom of the rakshasas again. " Hearing that, Dashagriva sent a minister named Prahasta to Vaishravana. Prahasta went near Vaishravana and said, "The son of Kaikasi, Ravana, wants to get the city of Lanka and establish the kingdom of the rakshasas. Therefore, you leave the city and go elsewhere. " Vaishravana went to his father, Sage Vishrava, and asked what to do. The sage Vishrava said, "Ravana, now having obtained a boon from Brahma, has become very powerful. It is not good to be his enemy. You leave the city of Lanka. You go to the Himalayas and live there." Accordingly, Vaishravana left Lanka and went to the Himalayas. Thereafter, Ravana, with his ministers and people, occupied Lanka and was coronated as the king.

(Chapter 11)

मेघनादस्य जननम्

रावणः शूर्पणखायाः विवाहं विद्युज्जिह्वः इति राक्षसेन सह कारितवान् ।
अनन्तरं रावणः एकदा मृगयार्थं वनं गतः । वने सः एकं दैत्यम् अपश्यत् ।
दैत्येन सह एका कन्या अपि आसीत् । रावणः दैत्यस्य परिचयम्
अपृच्छत् । सः दैत्यः अवदत् - "मम नाम मयासुरः । हेमा नाम अप्सराः
मम पत्नी । मम पत्नी देवकार्यार्थं देवलोकं गता । त्रयोदशवर्षपर्यन्तं सा
न पुनरागता । चतुर्दशे वर्षे अहं सुवर्णमयं भवनं निर्मितवान् । तस्मिन् भवने
पत्या विना एव दुःखितः वसामि । मम पत्याः जाता एषा कन्या । अस्याः
नाम मन्दोदरी । अस्याः विवाहं योग्यवरेण सह कर्तुम् इच्छामि । मायावी
तथा दुन्दुभिः इति द्वौ पुत्रौ अपि मम स्तः । इति मम वृत्तान्तः । भवान्
कः?" रावणः अवदत् - "मम नाम दशग्रीवः । ब्रह्मदेवस्य पुत्रः पुलस्त्यः ।
तस्य पुत्रः विश्रवाः इति महर्षिः । तस्य पौलस्त्यस्य विश्रवसः पुत्रः
अहम्" । महर्षेः सन्तानः रावणः इति श्रुत्वा मयासुरः सन्तुष्टः अभवत् ।
स्वस्य पुत्र्या सह विवाहं करोतु इति सः दशग्रीवं प्रार्थितवान् । दशग्रीवः
तत्र एव अग्निं ज्वालयित्वा मन्दोदर्या सह विवाहितः अभवत् । मयासुरः
दशग्रीवाय शक्तिनामकं महास्त्रं दत्तवान् ।

रावणः कुम्भकर्णस्य विवाहं वज्रज्वाला इति कन्यया सह कारितवान् ।
विभीषणस्य विवाहं सरमा नाम कन्यया सह कारितवान् । किञ्चित्
कालानन्तरं मन्दोदर्याः पुत्रः जातः । सः जननसमये मेघगर्जनम् इव

महाशब्दं कृतवान्। अतः रावणः पुत्रस्य मेघनादः इति नामकरणम्
अकरोत्।

Birth of Meghanada

Ravana married off Shurpanakha to a rakshasa called Vidyujjihva. After that, once, he went to the forest for hunting. In the forest, he saw a daitya. With the daitya, there was a girl also. Ravana asked the daitya for an introduction. That daitya said, "My name is Mayasura. My wife is the divine apsara called Hema. My wife, doing some work for the gods, went to the world of the gods. For thirteen years, she did not return. In the fourteenth year, I constructed a golden building. I am living sorrowfully without my wife in that building. My wife gave birth to a girl. Her name is Mandodari. I'd like to marry her off to a suitable groom. I also have two sons called Mayavi and Dundubhi. Thus ends my story. Who are you? " Ravana said, "My name is Dashagriva. God Brahma's son is Pulastya. His son is the great sage called Vishrava. I am the son of that Vishrava. " Mayasura rejoiced upon learning that Ravana is the son of a great sage. He asked Dashagriva to marry his daughter. Dashagriva lit up the fire there and got married to Mandodari. Mayasura gave a great weapon called Shakti to Dashagriva.

Ravana married Kumbhakarna to a girl called Vajrajvala. He married Vibhishana with a girl by the name Sarama. After some time, a son was born to Mandodari. at the time of birth, he made a big sound like the roar of a cloud. Therefore, Ravana named his son Meghanada.

(Chapter 12)

रावणस्य दर्पः

कतिपयदिनानन्तरं कुम्भकर्णः तीव्रनिद्रया पीडितः । सः निद्रार्थं महाभवनम् एकं निर्मातुं रावणं प्रार्थितवान् । रावणस्य आज्ञया वज्रवैदूर्ययुक्तं मनोहरं बृहत् भवनं निर्मितम् । तस्मिन् भवने कुम्भकर्णः अनेकवर्षकालं निद्रायां लीनः अभवत् ।

रावणः त्रिलोकेषु देवान् ऋषिजनान् यक्षादीन् पीडयितुम् आरब्धवान् । तेषां नगराणि उद्यानानि आश्रमाः रावणेन उद्धस्ताः । तत् श्रुत्वा रावणस्य विषये चिन्तितः भ्राता वैश्रवणः दूतम् एकं प्रेषितवान् । सः दूतः लङ्कानगरं प्राप्य विभीषणेन सह अमिलत् । विभीषणः दूतं सत्कृत्य रावणस्य समीपे तम् अनयत् ।

दूतः रावणं नमस्कृत्य अकथयत् - "हे महाराज, अहं धनाध्यक्षेण वैश्रवणेन प्रेषितः । तस्य सन्देशः एवम् अस्ति - "हे भ्रातः, अहं हिमालयप्रदेशं तपः कर्तुं गतवान् । तदा तत्र उमासहितं महेश्वरम् अपश्यम् । गौरवात् अहं उमादेवीं मम वामनेत्रेण दृष्टवान् । तथापि मम नेत्रं दग्धः । नेत्रस्य वर्णः अपि पिङ्गलः अभवत् । अनन्तरम् अहं बहुकालं मौनं स्थित्वा तपः कृतवान् । तदा भगवान् महेश्वरः प्रीतः भूत्वा माम् अवदत् - "वैश्रवण, भवान् मम मित्रं भवतु । भवतः एकस्य नेत्रस्य वर्णः पिङ्गलः इति कारणात् भवान् एकाक्षिपिङ्गलः इति प्रसिद्धः भवति" । हे रावण, ततः अहं प्रत्यागत्य

तव कार्याणां विषये श्रुतवान्। देवऋषिजनपीडा न करणीया। ते जनाः भवतः वधस्य उपायं चिन्तयन्ति। तव कार्यम् अकीर्तिकरम्। अतः जनपीडां त्यक्त्वा धर्ममार्गे प्रवर्तनं करोतु"।

दूतमुखात् भ्रातुः वैश्रवणस्य सन्देशं श्रुत्वा रावणः बहु क्रुद्धः अभवत्। सः अवदत् - "वैश्रवणः भ्राता इति तम् अहं न मारितवान्। इदानीं सः महेश्वरेण सह स्वस्य मैत्रीं श्रावयति। अहं भुजबलात् त्रिलोकविजयं प्रामोमि"। इति उक्त्वा रावणः तं दूतं मारितवान्।

Ravana's Arrogance

After a few days, Kumbhakarna became afflicted by heavy sleep. He requested Ravana to construct a big building for sleeping in. On Ravana's order, a big, beautiful building, ornated with diamonds and precious stones, was constructed. For many years, Kumbhakarna went to sleep in that building.

Ravana started troubling the gods, sages, yakshas, etc. in the three worlds. Their cities, gardens, and huts were destroyed by Ravana. Hearing that, worried about Ravana, his brother Vaishravana sent a messenger. That messenger reached Lanka and met Vibhishana. Vibhishana received the messenger with respect and took him to Ravana.

The messenger bowed to Ravana and said, "Hey King, I have been sent by the keeper of wealth, Vaishravana. His message is like this: "Hey brother, I went to the Himalaya area to do penance. Then they saw Maheshvara accompanied by Uma. With respect, I saw Umadevi with my left eye. Even then, my eye was burnt. My eye's color also became brownish. After that, for a long time, I did penance in silence. Then Mahesvara was pleased and said to me, "Vaisravana, you be my friend. Your one eye's color is brown. For that reason, you will become famous as Ekakshipingala". O Ravana, from there I came back and heard about your deeds. Troubling of gods, sages should not be done. Those people will think of ways to kill you. Your deed is a disgrace. Therefore, abandon troubling the people and follow the path of virtue. "

Hearing brother Vaishravana's message from the messenger's mouth, Ravana became very angry. He said, "Because Vaishravana is my brother, I did not kill him. Now, he brags about his friendship with Maheshvara. I will win the three worlds with the strength of my arms." Saying this, Ravana killed the messenger.

(Chapter 13)

रावणस्य कैलासयात्रा

दशग्रीवः राक्षससैन्यसहितः युद्धार्थी उत्तरदिशां प्रति प्रस्थानम् अकरोत्। सः नदीपर्वतनगराणि अतिक्रम्य हिमालयप्रदेशं प्राप्तवान्। तत्र दशग्रीवस्य भ्राता वैश्रवणः राजा आसीत्। वैश्रवणस्य यक्षसैन्यस्य तथा दशग्रीवस्य राक्षससैन्यस्य मध्ये घोरयुद्धम् अभवत्। अन्ते धनाध्यक्षः वैश्रवणः दशग्रीवेण पराजितः। दशग्रीवः वैश्रवणस्य पुष्पकविमानं वशीकृतवान्।

दशग्रीवः पुष्पकविमानम् आरुह्य कैलासपर्वतप्रदेशं गतः । कैलासपर्वतस्य समीपम् आगत्य विमानस्य गतिः स्तम्भितः अभवत् । विस्मितः दशग्रीवः विमानात् अधः अवतीर्णः । तत्र महेश्वरस्य पार्श्वदः नन्दी आसीत् । सः दशग्रीवम् अवदत् - "कैलासपर्वते भगवान् शङ्करः क्रीडति । अन्येषाम् अत्र प्रवेशः नास्ति । त्वम् अतः निवर्तस्व" । नन्दीश्वरस्य मुखं दृष्ट्वा दशग्रीवः वानरमुखम् इति उपहासम् अकरोत् । क्रुद्धः नन्दी दशग्रीवम् अशपत् - "वानरमुखम् इति मम उपहासं त्वं कृतवान् । त्वां मारयितुं मम शक्तिः अस्ति । तथापि तव हननम् इदानीम् अहं न करोमि । भविष्ये वानराः एव तव कुलं नाशयन्ति" । इति उक्त्वा नन्दी ततः निर्गतः ।

दर्पितः दशग्रीवः "कोऽयं शङ्करः, अस्य निवासभूतं पर्वतम् एतम् उत्पाटयामि" इति चिन्तयित्वा पर्वतस्य मूले बाहुबन्धनं कृतवान् । तदा कैलासपर्वतः कम्पितः । तदा भगवान् शङ्करः पादाङ्गुष्ठेन पर्वतस्य किञ्चित् नोदनम् अकरोत् । तस्य प्रभावेण दशग्रीवस्य महती पीडा जाता । पीडया सः भयङ्करशब्दं कृतवान् । सः दारुणशब्दः सर्वलोकेषु श्रुतः । दशग्रीवस्य सचिवाः भगवतः शङ्करस्य एव आराधनं करोतु इति दशग्रीवाय अवदन् । दशग्रीवः शङ्करस्य स्तोत्रं कृतवान् । आशुतोषः शङ्करः प्रीतः अभवत् । सः दशग्रीवस्य समीपम् आगत्य अवदत् - "तव स्तोत्रेण अहं प्रसन्नः अस्मि । त्वं लोकभयङ्करं शब्दं कृतवान् इति कारणात् तव नाम रावणः इति प्रसिद्धं भवति । इतः भवान् निर्गच्छतु" । दशग्रीवः अवदत् - "मानवैः विना मम अवध्यत्वं ब्रह्मदेवेन प्राप्तम् अस्ति । मानवाः अल्पबलाः इति मम न

चिन्ता। हे शङ्कर, यदि त्वं प्रसन्नः तर्हि मह्यं दिव्यास्त्रम् एकं देहि"।
भगवान् शङ्करः रावणाय चन्द्रहासः इति नामकं दिव्यं खड्गं दत्तवान्।

रावणः अनन्तरं भूतले चरन् अनेकान् नृपान् जितवान्।

Ravana goes to Mount Kailasa

Dashagriva, accompanied by the army of rakshasas and seeking war, left towards the north. He crossed rivers, mountains, and cities and reached the Himalaya area. There, Dashagriva's brother, Vaishravana, was the king. A fierce battle took place between Vaishravana's yaksha army and Dashagriva's rakshasa army. At the end, the keeper of wealth, Vaishravana, was defeated by Dashagriva. Dashagriva took hold of Vaishravana's Pushpaka plane.

Dashagriva, mounting on the Pushpaka airplane, went to the area of Kailasa mountain. After coming near the Kailasa mountain, the airplane's movement was stalled. Dashagriva, surprised, got down from the airplane. Maheshvara's follower, Nandi, was there. He said to Dashagriva, "In the Kailasa mountain, God Shankara is resting. For others, there is no entry here. Therefore, you go back." Seeing the face of Nandi, Dashagriva made fun of it, saying that it was like a monkey's face. Angry Nandi cursed Dashagriva, "You ridiculed me as having a monkey's face." I have the strength to kill you. Even then, I won't kill you now. In the future, monkeys will destroy your family. " Nandi walked away after saying this.

The arrogant Dashagriva thought, "Who is this Shankara? I will uproot this mountain- his abode". He threw his arms around the base of the mountain. Then, Mount Kailsa shook. Then, Lord Shankara, with his toe, pressed the mountain a little. Because of that effect, Dashagriva was in great pain.

With pain, he made a terrible sound. That dreadful sound could be heard throughout the universe.Dashagriva's ministers told him to worship God Shankara only. Dashagriva praised God Shankara. Shankara was pleased. He came near Dashagriva and said, "By your praising words, I am pleased. Because you made a world-frightening sound, you will be known as Ravana. You go away from here. " Dashagriva said, "I have obtained my invincibility from Brahma except for the humans. The humans are weak, so I have no worries. Hey Shankara, if you are pleased, then give me a divine weapon". God Shankara gave Ravana a divine sword named Chandrahasa.

Ravana, later roaming the earth, won over many kings.

(Chapters 14-16)

वेदवतीशापः

रावणः पुष्पकविमानेन भ्रमणं कुर्वन् एकदा हिमालयप्रदेशं गतः । तत्र वने अतीव सुन्दरी एका कन्या चीरजटाधारिणी तपसि मग्ना आसीत् । तां कन्यां दृष्ट्वा रावणः कामपरवशः अभवत् । सः विमानात् अवरुह्य तस्याः परिचयं पृष्टवान् । कन्या अवदत् - "कुशध्वजः इति ब्रह्मर्षिः आसीत् । अहं तस्याः पुत्री वेदवती नाम । विवाहार्थं बहवः जनाः मम पितरं प्रार्थितवन्तः । परन्तु मम पिता भगवान् विष्णुः एव स्वस्य जामाता भवेत् इति तेषां सर्वेषां प्रार्थनां तिरस्कृतवान् । ततः क्रुद्धः एकः दैत्यः मम पितरम् अमारयत् । मम माता अपि अग्निप्रवेशम् अकरोत् । तदा अहं वनम् आगत्य विष्णुः एव मम पतिः भवेत् इति तपसि निरता अस्मि ।

रावणः अवदत् - "हे सुन्दरि, यस्य प्राप्त्यर्थं त्वं तपः करोषि सः विष्णुः वीर्ये बले च मम समः नास्ति। मम सह विवाहं कृत्वा भवती सुखेन निवसतु"। वेदवती अवदत् - "भगवतः विष्णोः विषये एतादृशं वचनं न उचितम्। तपोबलेन अहं भवतः विषये सर्वं जानामि। भवान् अतः निर्गच्छतु"। रावणः तस्याः वचनं तिरस्कृत्य तां केशेषु गृहीतवान्। क्रुद्धा वेदवती स्वहस्तेन केशच्छेदनं कृतवती। सा अवदत् - "मूढ, तव स्पर्शनात् अनादृता अहम् इदानीम् अग्निप्रवेशं करोमि। पापिष्ठः त्वं कदापि स्त्रीणां हननं कर्तुं न शक्नोषि। तव वधार्थं पुनः मम जन्म भविष्यति"। इति उक्त्वा वेदवती अग्निप्रवेशम् अकरोत्।

सा वेदवती एव सीतारूपेण हलकर्षणसमये भूमौ जनकमहाराजेन प्राप्ता।

Vedavati's Curse

Ravana, roaming in the Pushpaka airplane, once went to the
Himalaya area. There in the forest, a very beautiful girl,
wearing ascetic clothes and a hairdo, was deep in penance.
Seeing that girl, Ravana became filled with lust. He got down
from the plane and asked for her introduction. The girl said,
"There was a great sage called Kushadhvaja. I am his daughter,
named Vedavati. Many people asked my father for advice on
marriage with me. But my father refused their requests,
thinking only God Vishnu should become his son-in-law.
Because of that, an angry daitya killed my father. My mother
also entered the fire. Then I came to the forest and am busy in
penance with the intention that only Vishnu should become
my husband".

"Hey, beautiful, for whom are you performing penance, that
Vishnu is not equal to me in strength and power," Ravana
said.Marry me and live happily". Vedavati said: "It is
inappropriate to say this about God Vishnu. By the power of
my penance, I know everything about you. You go away from
here. " Ravana ignored her words and held her by her hair.
Angry Vedavati cut her hair with her own hands. She said,
"You stupid, disregarded by your touch, I will enter the fire
now. You sinful, will never be able to kill a woman. To kill you,
my birth will take place again. " Saying this, Vedavati entered
the fire. That very Vedavati, when plowing the ground, was
obtained by King Janaka in the field in the form of Sita.
(Chapter 17)

मयूरनेत्रम्

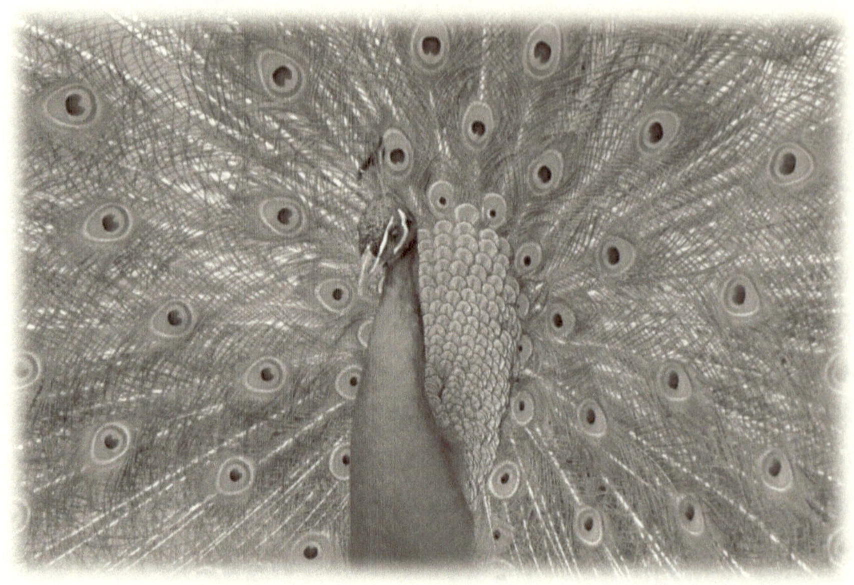

रावणः युद्धार्थी उशीरवबीजः इति देशं प्राप्तः । तत्र राजा मरुत्तः यागं करोति स्म । देवाः ऋषयः च तत्र उपस्थिताः । रावणम् आगतं दृष्ट्वा देवाः भयात् व्याकुलाः अभवन् । समीपे केचन प्राणिनः अटन्ति स्म । देवाः प्राणिनः देहेषु अन्तर्हिताः अभवन् । इन्द्रः मयूरदेहे प्रविष्टः । यमः काकदेहे प्रविष्टः । वरुणः हंसस्य देहे प्रविष्टः । वैश्रवणः कृकलासस्य देहे प्रविष्टः ।

राजा मरुत्तः रावणस्य परिचयम् अपृच्छत् । रावणः हसन् अवदत् - "त्रिलोकेषु दशग्रीवस्य नाम कः न जानाति? अहं वैश्रवणस्य भ्राता । तं युद्धे जित्वा अहम् इदं पुष्पकविमानम् अपहृतवान् । मया सह युद्धं करोतु ।

अन्यथा पराजयं स्वीकरोतु" । ततः क्रुद्धः राजा मरुत्तः धनुर्बाणं धृत्वा युद्धाय सिद्धः अभवत् । तदा संवर्तः नाम ऋषिः अवदत् - "राजन्, यागसमये मध्ये एव युद्धं न उचितम् । अपि च रावणेन सह युद्धे विजयः भवति वा इति सन्देहः । अतः इदानीं युद्धं मा करोतु" । तत् श्रुत्वा राजा मरुत्तः धनुर्बाणं त्यक्त्वा पुनः यागे निरतः अभवत् । रावणः अहम् एव विजयी इति घोषितवान् । सः तत्र स्थितान् ऋषिजनान् भक्षयित्वा निर्गतः ।

रावणस्य निर्गमनान्तरं इन्द्रादिदेवाः प्राणिशरीरेभ्यः स्वरूपेषु आगताः । संकटकाले प्राणिदेहेषु आश्रयः प्राप्तः इति देवाः प्रसन्नाः अभवन् । ते प्राणिभ्यः वरान् दत्तवन्तः । इन्द्रः अवदत् - "एतावता मयूरस्य पुच्छं नीलवर्णम् । इतः परं मयूराणां पुच्छेषु सहस्रनेत्राणि भवन्ति । मयूराः यदा अहं वर्षयामि तदा सन्तोषेण नृत्यन्ति" । यमः अवदत् - "काकाः इतः परं निरोगिनः भवन्ति । काकैः भुक्तेन अन्नेन पितृगणः प्रीतः भवति । मानवाः काकानां वधं न कुर्वन्ति" । वरुणः अवदत् - "एतावता हंसानां वर्णः श्यामलः । इतः परं हंसानां वर्णः श्वेतः भवति" । वैश्रवणः अवदत् - "कृकलासः इतः परं सुवर्णवर्णः भवति" । इति वरान् दत्त्वा ते देवाः स्वलोकान् प्रतिगताः ।

Peacock's Eye

Ravana, yearning for war, reached a country called
Usheeravabija. There, the king, Marutta, was performing a
sacrificial ritual. The gods and sages were present there.
Seeing Ravana coming there, the gods were frightened.
Nearby, there were a few animals roaming. The gods took
shelter in the bodies of the animals. Indra entered the body of
a peacock. Yama entered the body of a crow. Varuna entered
the body of a swan. Varuna entered the body of a chameleon.

King Marutta asked Ravana for his introduction. Laughing,
Ravana said, "In the three worlds, who does know Ravana's
name? I am the brother of Vaishravana. Defeating him in war,
I have taken away this Pushpaka plane. Fight with me.
Otherwise, accept the defeat." Angered thereby, King Marutta
took up the bow and arrow and became ready for the battle.
Then a sage by the name of Samvarta said, "O king, it is not
appropriate to fight in the middle of a sacrificial ritual." Also,
it is doubtful if there would be a win in a fight with Ravana.
Therefore, do not fight now. " Hearing that, King Marutta
abandoned the thought of fighting Ravana.

(Chapter 18)

रावणस्य दिग्विजयः

रावणः भूतले सञ्चरन् अनेकान् नृपतीन् जितवान्। अयोध्यानगरे इक्ष्वाकुवंशस्य अनरण्यः नाम राजा आसीत्। अनरण्यः रावणेन सह घोरयुद्धं कृतवान्। परन्तु अन्ते रावणः तस्य वधम् अकरोत्। अन्तिमसमये अनरण्यः "इक्ष्वाकुकुले अग्रे दाशरथिरामस्य जननं भविष्यति। सः तव वधं करिष्यति" इति उक्त्वा प्राणान् त्यक्तवान्।

एकदा पुष्पकविमानेन यदा रावणः आकाशमार्गे गच्छति स्म तदा नारदमुनिः तत्र आगतः। सः रावणम् अवदत् - "हे रावण, भवान्

ब्रह्मदेवात् अवध्यत्ववरं प्राप्तवान् । भूतलवासिनः मानवाः अल्पबलाः । तेषां मरणं निश्चितम् । तेषां हननं तव न शोभते । यमराजः सर्वेषां प्राणिनां मृत्युप्रदः । भवान् यमराजेन सह युद्धे जयं प्राप्नोति चेत् गौरवं प्राप्नोति” । तत् श्रुत्वा रावणः प्रहस्य तथैव करोमि इति उक्तवान् । नारदः यमपुरीं गत्वा रावणस्य युद्धविचारं यमराजाय अकथयत् । रावणः शीघ्रम् एव पुष्पकविमाने उपविश्य यमपुरीम् आगच्छत् । रावणेन यमसैन्यं पराभूतम् । अनन्तरं यमराजेन सह रावणस्य घोरयुद्धं जातम् । रावणः विविधानि अस्त्राणि प्रयुक्तवान् । अन्ते यमराजः रावणं हन्तुं कालदण्डस्य आवाहनं कृतवान् । तदा ब्रह्मदेवः यमराजम् अवदत् - “हे यमराज, तव कालदण्डेन रावणस्य वधः निश्चयेन भवति । परन्तु मया एषः अवध्यत्वं वरं प्राप्तवान् अस्ति । कालदण्डेन मम वरः निष्फलः भवति । अतः भवान् कालदण्डस्य प्रयोगं मा करोतु” । तत् श्रुत्वा यमराजः कालदण्डस्य प्रयोगं न कृतवान् । सः सैन्यसहितः ततः अदृश्यः अभवत् । मया यमराजः पराजितः इति रावणः महाशब्दम् अकरोत् ।

अनन्तरं रावणः नागलोकं गत्वा विजयं प्राप्तवान् । ततः सः रसातलं गत्वा कालकेयराक्षसैः सह युद्धम् अकरोत् । तस्मिन् युद्धे रावणः शूर्पणखायाः पतिं विद्युज्जिह्वं प्रमादवशात् मारितवान् । ततः रावणः निवातकवचगणेन सह युद्धं कृतवान् । निवातकवचाः अपि बहु शूराः । अनेकमासकालं युद्धम् अभवत् । केनापि जयः न प्राप्तः । तदा ब्रह्मदेवः आगत्य रावणस्य तथा निवातकवचयोः मध्ये मैत्रीम् अकारयत् । ततः रावणः वरुणालयं

प्राप्तवान्। तत्र वरुणस्य सेनया सह रावणसैन्यस्य भीकरयुद्धं जातम्। उभयोः सैन्ययोः बहवः सैनिकाः मृताः। वरुणदेवः कुत्र इति रावणः अन्वेष्टुम् आरभत। तदा वरुणसैन्यस्य सेनानायकः अवदत् - "अस्माकं स्वामी वरुणदेवः इदानीम् अत्र नास्ति। सः कार्यार्थं देवलोकं गतवान्। अतः हे रावण, युद्धेन तव किं प्रयोजनम्?" तत् श्रुत्वा रावणः अहं वरुणालयं जितवान् इति उद्घोष्य ततः निर्गतः।

Ravana's Crusades

Ravana, roaming on the earth, conquered many kings. In Ayodhya city, there was a king named Anaranya of the Ikshvaku dynasty. Anaranya fought a fierce battle with Ravana. However, at the end, Ravana killed him. In his last moments, Anaranya said, "In the future, Dashsaratha's son Rama will be born into the Ikshvaku dynasty. He will kill you."

Once, when Ravana was traveling in the Pushpaka plane by aerial route, the sage Narada came there. He said to Ravana, "Hey Ravana, you got the boon of invincibility from god Brahma. Humans living on the earth are weaklings. Their death is certain. Killing them does not fit you. God Yama gives death to all living beings. If you defeat the god Yama in a fight, you will gain respect. " Hearing that, Ravana laughed and said he would do the same. Narada went to Yama's city and told him about Ravana's plan of battle. Sitting in the Pushpaka plane, Ravana quickly came to Yama's city. Yama's army was defeated by Ravana. After that, a fierce battle ensued between Ravana and Yama. Ravana engaged different weapons. Finally, Yama called upon Kaaladanda to kill Ravana. Then, god Brahma said to Yama, "Hey Yama, by your Kaaladanda, the death of Ravana will certainly happen. But, he has obtained the boon of invincibility from me. If he is killed, my boon will be in vain. Therefore, you should not use Kaaladanda". Listening to that, Yama did not use Kaaladanda. He disappeared there along with his army. Ravana made a big sound that Yama was defeated by him.

Thereafter, Ravana went to Naagaloka (the world of serpents) and secured the win. From there, he went to Rasaatala (nether lands) and fought with Kaalakeya daityas. In that battle, Ravana killed Shoorpanakha's husband, Vidyujjihva, by mistake. Then, Ravana fought with Nivaatakavachas. The Nivaatakavachaas were also very valiant. The battle took place for many months. No one was able to win. Then, God Brahma came and arranged for a friendship between Ravana and Nivaatakavachas. Thereafter, Ravana went to Varunaalaya (the abode of Varuna, the sea god). A fierce battle ensued between Varuna's army and Ravana's army. Many soldiers from both armies were killed. Ravana started searching for Varuna. Then the captain of Varuna's army said, "Our king, Varuna, is not here at present." He has gone to the abode of the gods to do some work. Therefore, hey Ravana, what is the purpose of your battle? " Hearing that, Ravana declared he had conquered Varuna's abode and left from there.

(Chapters 19-23)

स्त्रीगणस्य शापः

दिग्विजयं कृत्वा रावणः लङ्कानगरं प्रति प्रयाणम् अकरोत् । मार्गे सः यां काश्चित् सुन्दरस्त्रीं पश्यति स्म तां बलात्कारेण विमाने आकृष्यति स्म । तासां स्त्रीणां बन्धुबान्धवान् मारयति स्म । एवं तस्य पुष्पकविमाने सङ्गृहीताः सर्वाः स्त्रियः आक्रोशन्त्यः रावणं प्रति शापवचनम् अवदन् - "हे दुरात्मन्, स्त्रीकारणात् एव तव विनाशः भविष्यति" ।

यदा दशाननः लङ्कानगरं प्राप्तः तदा तस्य भगिनी शूर्पणखा रुदती पुरतः आगता । सा अवदत् - "हे भ्रातः, त्वं मम पतिं विद्युज्जिह्वं युद्धे मारितवान् । मम वैधव्यं प्राप्तम् । किं करोमि अहम् इदानीम्?" रावणः अवदत् - "अहं युद्धमदे प्रमादवशात् तव पतिं मारितवान् । परन्तु चिन्ता मास्तु । भवती भ्रात्रा खरराक्षसेन सह दण्डकारण्यं गत्वा सुखेन निवसतु । तस्य सचिवः दूषणः अपि खरेण सह गच्छति" । इति शूर्पणखा खरदूषणराक्षसगणैः सह दण्डकारण्यं गता ।

Women's Curse

After conquering many places around the world, Ravana traveled towards Lanka. On the way, whenever he used to see a beautiful woman, he would forcibly drag her into the plane. He used to kill the relatives of those women. The women thus collected in his plane cursed Ravana, saying, "Hey wicked one, your destruction will take place because of a woman only."

When Dashaanana reached Lanka, his sister Shoorpanakha came in front of him, crying. She said, "Hey brother, you killed my husband Vidyujjihva in the battle. I became a widow. What should I do now? " Ravana said, "I, in the flow of the battle, killed your husband by mistake." But do not worry. You, with brother Khara rakshasa go to Dandakaaranya and live happily. His minister, Dooshana, will also go with Khara. " Thus, Shoorpanakha, with the rakshasa group of Khara and Dooshana, went to Dandakaaranya.

(Chapter 24)

भगिनी कुम्भीनसी

लङ्कानगरस्य द्वारस्य समीपे निष्कुम्भिला नाम उपवनम् आसीत्। तस्मिन् उपवने रावणपुत्रः मेघनादः यज्ञम् एकम् आचरति स्म। रावणः तत्र गत्वा किमर्थम् एषः यज्ञः इति अपृच्छत्। यज्ञपुरोहितः शुक्राचार्यः अवदत् - "हे दशानन, तव पुत्रः महायज्ञं कृत्वा महेश्वरात् अनेकान् वरान् प्राप्तवान्। तस्य दुर्जयः धनुः प्राप्तः। आकाशगामी रथः प्राप्तः। मायाविद्या प्राप्ता"। तत् श्रुत्वा रावणः अवदत् - "पुत्र, भवतः एतत् कार्यं न शोभनम्। यज्ञसमये देवेभ्यः हव्यदानं भवति। तत् निरर्थकम्। अस्तु, इदानीम् उत्तिष्ठतु। विजयार्थं देवलोकं गच्छावः"।

तदा क्रुद्धः विभीषणः अवदत् - "रावण, भवान् बहुकालं युद्धाय लङ्कां त्यक्त्वा गतवान्। तव अधर्माचरणस्य फलं शृणोतु। अस्माकं मातामहः सुमाली। तस्य भ्राता माल्यवान्। तस्य दौहित्री कुम्भीनसी। सा अस्माकं भगिनीसमाना। यदा त्वं गतः तदा मधुनामकदैत्यः तस्याः अपहरणं कृतवान् अस्ति। तस्मिन् समये मेघनादः यज्ञे निरतः आसीत्। कुम्भकर्णः सुप्तः। अहं तपसि स्थितः"। तत् श्रुत्वा कुपितः रावणः राक्षससैन्येन सह मधुराक्षसस्य नगरं प्राप्तवान्। तत्र सः मधुं न अपश्यत्। केवलं भगिनी कुम्भीनसी आसीत्। सा अवदत् - "भ्रातः, मम पतिं न मारयतु। अहं वैधव्यं न इच्छामि"। रावणः अवदत् - "अस्तु तव पतिं न मारयामि।

सः कुत्र अस्ति इति दर्शयतु" । कुम्भीनसी कोष्ठे सुप्तं मधुं बहिः आनीतवती । मधुः रावणस्य मित्रम् अभवत् ।

Sister Kumbhinasi

Near the entry point of Lanka, there was a park called Nishkumbhilaa. In that park, Ravana's son Meghanada was performing a sacrificial ritual. Ravana went there and asked what that ritual was for. The guide of the ritual, Shukracharya, said, "Hey Dashaanana, your son did a big ritual and obtained many boons from God Maheshvara. His invincible bow was obtained. A chariot, which can fly, was obtained. Knowledge of illusion (trickery) was obtained. " Hearing that, Ravana said, "O son, this act of yours is not nice. In the sacrificial ritual, offers will go to the gods. That is wasteful. Okay, get up now. We will go to the abode of the gods to conquer them".

Then Vibhishana angrily said, "Ravana, for a long time you were away from Lanka in war. Listen to the fruits of your ill-deeds. Our grandfather is Sumaalee. His brother is Maalyavaan. His granddaughter is Kumbheenassee. By relationship, she is our sister. When you were away, a daitya by the name of Madhu kidnapped her. At that time, Meghanaada was busy with the ritual. Kumbhakarna was asleep. I was doing penance." Hearing that, an angry Ravana, with his army of rakshasas, went to Madhu's city. There, he did not see Madhu. Only the sister, Kumbheenasee, was there. She said, "O brother, do not kill my husband. I do not like being a widow." Ravana said, "Okay, I will not kill your husband. Where is he? Show him to me. " Kumbheenasee brought out Madhu, who was sleeping in a room. Madhu became a friend of Ravana.   (Chapter 25)

नलकूबरशापः

मधुराक्षसस्य नगरे रात्रिसमये रावणः सैन्येन सह वासं कृतवान् । तस्मिन् समये अप्सरोत्तमा रम्भा तस्मिन् प्रदेशे गच्छति स्म । तां सर्वाभरणभूषितां सुन्दरीं दृष्ट्वा रावणस्य कामाग्निः प्रदीप्तः । सः रम्भां गृहीत्वा अपृच्छत् - "भवती का? अस्यां सुन्दररात्रौ केन सह मेलितुं प्रस्थिता? अहं त्रिलोकविजयी रावणः । मम समः कोऽपि नास्ति । मया सह त्वम् इदानीं कामोपभोगं कुरु" । रम्भा अवदत् - "अहं स्वर्गाप्सरा रम्भा । धर्मतः तव स्नुषा अहम् । एतादृशं वचनं तव न शोभते" । रावणः अपृच्छत् - "कथं त्वं मम स्नुषा?" रम्भा अवदत् - "तव भ्रातुः वैश्रवणस्य पुत्रः नलकूबरः । तेन सह मम समागमः निश्चितः अस्ति । सः तपस्वी इदानीं मम प्रतीक्षां करोति । अतः मां मुञ्चतु" । रावणः अवदत् - "अप्सराणां भर्ता कोऽपि भवितुं न अर्हति । अप्सराणां एषः एव नियमः" । इति उक्त्वा रावणः तया सह बलात् कामोपभोगम् अकरोत् ।

तदनन्तरं रम्भा रुदती नलकूबरस्य समीपं गत्वा रावणस्य दुर्व्यवहारम् अकथयत् । तत् श्रुत्वा संक्रुद्धः नलकूबरः रावणाय शापं दत्तवान् - "इतः परं रावणः बलात् स्त्रिया सह व्यवहारं करिष्यति चेत् तस्य शिरः भग्नं भविष्यति" । तत् शापं श्रुत्वा रावणेन बलात् अपहृताः स्त्रियः सर्वाः निश्चिन्ताः अभवन् ।

Nalakubara's Curse

During that night, Ravana stayed in Madhu's city with his army. At that time, the apsara Rambhaa was going through that area. Seeing that beautiful woman adorned with all the ornaments, Ravana's lust was kindled. He grabbed Rambhaa and asked, "Who are you? On this beautiful night, whom are you meeting? I am Ravana, the conqueror of the three worlds. Nobody is equal to me. Enjoy with me now. " Rambhaa said, "I am the apsara Rambhaa. By relationship, I am your daughter-in-law. These kinds of words do not suit you." Ravana asked, "How are you my daughter-in-law?" Rambhaa said, "Your brother Vaishravana's son is Nalakoobara. My meeting with him has been fixed. That ascetic is waiting for me. Therefore, leave me". Ravana said, "No one may become the husband of apsaras. That is the rule for the apsaras. " Saying thus, Ravana forcibly took her with him.

After that, Rambhaa, sobbing, went near Nalakoobara and narrated the ill-behavior of Ravana. Hearing that, an angry Nalakoobara cursed Ravana, saying, "Now onwards, if Ravana acts forcibly with any woman, his head will break into pieces". Hearing that curse, the women who were forcibly abducted by Ravana, became relieved.

(Chapter 26)

इन्द्रजित् मेघनादः

रावणः पुत्रेण मेघनादेन सह ससैन्यं देवलोकं प्रति प्रस्थानम् अकरोत्। रावणस्य आगमनवार्तां श्रुत्वा देवेन्द्रः विष्णुदेवस्य समीपं गतवान्। देवेन्द्रः अवदत् - "हे विष्णुदेव, एषः रावणः वस्तुतः बलवान् नास्ति। सः केवलं वरबलात् अवध्यः। अतः अहं किं करोमि?" विष्णुः अवदत् - "देवेन्द्र, तव वचनं सत्यम्। अहम् एव रावणस्य हननं योग्यसमये करिष्यामि। ब्रह्मदेवस्य वरः आदरणीयः। भवान् चिन्तां त्यक्त्वा रावणेन सह युद्धं करोतु"। तदा देवसैन्यस्य राक्षससैन्यस्य मध्ये युद्धं सञ्जातम्। देवसैन्यस्य वीरः सावित्रः राक्षसं सुमालिनं मारितवान्। देवेन्द्रस्य पुत्रः जयन्तः रावणपुत्रेण मेघनादेन सह युद्धम् अकरोत्। तस्मिन् युद्धे मेघनादस्य बाणैः जयन्तः महतीं पीडाम् अनुभूतवान्। तत् दृष्ट्वा जयन्तस्य मातामहः पुलोमा नाम दैत्यः खिन्नः अभवत्। सः जयन्तं युद्धक्षेत्रात् निष्कास्य समुद्रतलं नीतवान्।

तदनन्तरं देवेन्द्रस्य युद्धं रावणेन सह अभवत्। युद्धे देवेन्द्रः रावणस्य सर्वाणि अस्त्रशस्त्राणि अनाशयत्। रावणः हतबलः अभवत्। तदा मेघनादः गायाविद्याप्रभावेन देवेन्द्रस्य बन्धनम् अकरोत्। बन्धितेन देवेन्द्रेण सह रावणः मेघनादः च लङ्कानगरं गतवन्तौ। इन्द्रं जितवान् इति मेघनादः इन्द्रजित् इति ख्यातः अभवत्। देवगणेन प्रार्थितः ब्रह्मदेवः मेघनादस्य समीपम् आगत्य देवेन्द्रस्य मोचनाय निर्दिष्टवान्। तदा मेघनादः अवदत् -

"हे ब्रह्मदेव, भयङ्करयुद्धं कृत्वा इन्द्रं जितवान् अस्मि। यदि अस्य मोचनं भवेत् तर्हि मह्यम् अमरत्वं ददातु"। ब्रह्मदेवः अवदत् - "सर्वथा अमरत्वं न शक्यम्। अतः अन्यं वरं पृच्छतु"। मेघनादः अवदत् - "तर्हि एतं वरं ददातु। यदि अहं यज्ञसमाप्तिं कृत्वा युद्धं करोमि तर्हि सर्वदा मम विजयः भवेत्। यज्ञसमाप्तिम् अकृत्वा युद्धं करोमि चेत् मम विनाशः भवेत्"। ब्रह्मदेवः तथास्तु इति उक्तवान्। इन्द्रस्य मोचनम् अभवत्।

इन्द्रः लज्जितः ब्रह्मदेवम् अपृच्छत् - "केन कारणेन मम एतादृशी दुर्गतिः जाता?" ब्रह्मदेवः अवदत् - "पूर्वम् अहल्या इति अप्रतिमसुन्दरी आसीत्। सा गौतममहर्षेः पत्नी। तया सह त्वं दुर्व्यवहारं कृतवान्। ततः संतप्तः गौतमऋषिः तुभ्यं शापं दत्तवान् - शत्रूणां बन्धनं प्राप्नोतु इति। सः ऋषिः पत्नीम् अहल्याम् अपि आश्रमतः बहिष्कृतवान्। पुनः अहल्यया प्रार्थितः सः महर्षिः अवदत् - यदा विष्णोः अवतारः इक्ष्वाकुवंशजः रामः वनम् आगच्छति तदा तस्य दर्शनेन त्वं पुनः पवित्रा भूत्वा आश्रमम् आगच्छ। एवं हे इन्द्र, पूर्वकृतं दुष्कृत्यम् एव तव दुर्गतेः कारणम्। भवान् विष्णोः यजनं करोतु। तेन पुनः तव कल्याणं भविष्यति"। तथैव देवेन्द्रः विष्णुयजनं कृत्वा देवलोकं पुनः प्राप्तवान्।

Meghanada conquers Indra

Ravana, with his son Meghanaada and accompanied by his army, left for the abode of the gods. Hearing the news of Ravana's coming, Devendra (chief of the gods) went to God Vishnu. Devendra said, "O Vishnu, this Ravana is not really strong. Only because of the boon, he cannot be killed. Therefore, what should I do?" Vishnu said, "Devendra, what you say is true. I will only kill Ravana at the right time. Brahma's boon must be respected. You keep aside the worries and fight with Ravana. " Then the battle started between the army of gods and the army of rakshasas. Saavitra, the valiant of the gods' army, killed the rakshasa Sumaalee. Devendra's son Jayanta fought with Ravana's son Meghanaada. In that fight, from Meghanaada's arrows, Jayanta experienced great pain. Seeing that, Jayanta's grandfather- a rakshasa named Puloma- was grieved. He removed Jayanta from the battlefield and took him under the sea.

Thereafter, a fight ensued between Devendra and Ravana. In the fight, Devendra destroyed all the weapons of Ravana. Ravana lost his strength. Then Meghanada, with the effect of his illusionistic skills, captured Devendra. With Devendra captured, Ravana and Meghanada went to Lanka. Because Meghanada conquered Indra, he came to be known as Indrajit (conquerer of Indra). Prayed by the group of gods, Brahma went to Meghanada and instructed him to release Devendra. Then Meghanada said - "O Brahma, I have defeated Indra after a fierce fight. If he has to be released, then give me the boon of not-getting-killed". Lord Brahma said - "Eternal life is impossible. Therefore, ask for a different boon. " Meghanada said, "Then give me this boon: If I complete a sacrificial ritual and then go for a fight, then I should always win. If I do not complete a sacrificial ritual and then go for a fight, then I should be defeated". Brahma said, "So be it." Indra was released.

Indra, ashamed, asked Brahma, "By what reason did I attain this bad state?" Brahma said, "In the past, there was a beautiful woman called Ahalyaa. She was Sage Gautama's wife. With her, you acted with misconduct. Angered by that, the sage Gautama cursed you that you would be captured by your enemies. That sage also removed his wife, Ahalya, from his hut. Prayed again by Ahalya, that sage said, when Vishnu descends on earth in the Ikshvaku dynasty as Rama and comes to the forest, then by seeing him, you get purified again. Then you can come to my hut. Thus, hey Indra, your misdeed is the very reason for your despair. You do a ritual for Vishnu. With that, you will prosper again. Accordingly, Devendra performed a ritual for Vishnu and again obtained the abode of the gods.

(Chapters 27-30)

रावणस्य अर्जुनेन सह युद्धम्

नर्मदानदीतीरे माहिष्मतीनगरे अर्जुनः इति धर्मपरायणः राजा आसीत्। सः कृतवीर्यस्य पुत्रः। सहस्रबाहुः कार्तवीर्यः इति ख्यातः आसीत्। सः बहु वीर्यवान् इति लोके प्रसिद्धिः आसीत्। रावणः अर्जुनेन सह युद्धम् इच्छन् नर्मदातीरं ससैन्यः आगतः। रावणः नगरे अर्जुनं न दृष्टवान्। सः नर्मदातीरं गत्वा शिवलिङ्गं पूजयितुं प्रारभत। तस्मिन् समये एव किञ्चित् दूरे अर्जुनः नर्मदाजले स्त्रीभिः सह क्रीडति स्म। अर्जुनः जले क्रीडन्

सहस्रबाहुभिः नदीवेगं स्तम्भितवान् । तस्मात् तीरम् अतिक्रम्य आगतेन जलेन रावणस्य लिङ्गार्चने भङ्गः अभवत् । तस्य कारणम् अर्जुनः इति रावणस्य सचिवाः अकथयन् । रावणः अर्जुनस्य समीपं गत्वा तं युद्धाय आह्वयत् । रावणार्जुनयोः मध्ये भीकरकदनं जातम् । अन्ते सहस्रबाहुः अर्जुनः रावणं गदया प्रहार्य तस्य बन्धनं कृतवान् । सः रावणं गृहीत्वा स्वभवनं गतः ।

तां वार्तां श्रुत्वा रावणस्य पितामहः पुलस्त्यमुनिः दुःखितः अभवत् । सः माहिष्मतीनगरम् आगच्छत् । कार्तवीर्यः अर्जुनः भक्त्यादरेण पुलस्त्यमुनेः स्वागतम् अकरोत् । पुलस्त्यः अर्जुनस्य श्लाघनं कृत्वा पुत्रस्य रावणस्य मोचनार्थम् अनुरोधं कृतवान् । अर्जुनः पुलस्तस्य वचनम् आदृत्य बन्धनात् रावणस्य मोचनम् अकरोत् । रावणः लज्जितः ततः निर्गतः ।

वानरराजः वाली बहु बलवान् इति रावणेन श्रुतम् । रावणः वालिना सह युद्धं चिकीर्षन् किष्किन्धादेशम् आगतवान् । संध्योपसनार्थं वाली दक्षिणसमुद्रतटं गतवान् इति श्रुत्वा रावणः तत्र गतः । वाली तत्र समुद्रतटे पूजायां निरतः आसीत् । तस्य समीपं निश्शब्दम् एव रावणः उपसृतवान् । वाली रावणं लीलया पशुः इव एकहस्तेन स्वकक्षायां धृत्वा आकाशे उड्डयनम् अकरोत् । वाली रावणं कक्षायां गृहीत्वा एव पश्चिमसमुद्रम् उत्तरसमुद्रं पूर्वसमुद्रं च गत्वा सन्ध्यासमयस्य अर्चनं कृतवान् । वालिनः कक्षायां बद्धः रावणः किमपि कर्तुं न शक्तवान् । तदनन्तरं वाली

किष्किन्धानगरम् आगत्य रावणम् अपृच्छत् - कः त्वम्? कुतः आगतः?
रावणः अवदत् - "अहं राक्षसेन्द्रः रावणः। त्वया सह युद्धलालसया
आगतः। परन्तु तव शक्तिः परमाद्भुता। मां कक्षायां धृत्वा अनायासेन त्वं
सर्वत्र सञ्चरितवान्। त्वया सह अहं सख्यम् इच्छामि"। वाली अस्तु इति
उक्त्वा रावणाय मैत्रीं दत्तवान्।

Ravana fights with Arjuna

On the banks of the Narmada river, in Mahishmati city, there was a pious king named Arjuna. He was Kritaveerya's son. He was popular as the thousand-armed Kaartaveerya. It was known throughout the world that he was very strong. Ravana, wanting to fight Arjuna, came to the banks of the Narmada with his army. Ravana did not see Arjuna in the city. He went to the banks of Narmada and started worshiping shivalinga. At the same time, Arjuna was playing in the nearby river with women. Arjuna, playing in the water, with his thousand arms, stopped the river flow. Because of that, by the water that overflowed the banks, the linga worship of Ravana got disturbed. The ministers told Ravana that the cause of that was Arjuna. Ravana went to Arjuna and invited him to a fight. A fierce fight ensued between Ravana and Arjuna. At the end, the thousand-armed Arjuna hit Ravana with a mace and captured him. He caught Ravana and went to his palace.

Hearing that news, Ravana's grandfather, Sage Pulastya, became sorrowful. He went to Maahishmati city. Kartavirya Arjuna received him with respect. Pulastya praised Arjuna and coaxed him for the release of his son Ravana. Arjuna respected Pulastya's request and released Ravana from captivity. Ravana, ashamed, went away from there.

Ravana heard that the monkey-king, Vali, was very strong. Ravana, wanting a fight with Vali , came to the Kishkindha area. Ravana went there, hearing that Vali had gone to the banks of the southern sea for worship during the evening. Vali was busy there in worship on the seashore. Ravana went near him without making any sound. Vali, effortlessly holding Ravana on his side with one hand like an animal, flew in the sky. Carrying Ravana on his side, he went to the west sea, north sea, and east sea and finished the evening worship. Stuck on the side of Vali, Ravana could not do anything. After that, Vali came to Kishkindha City and asked Ravana, "Who are you? From where did you come? " Ravana said, "I am Ravana, king of the rakshasas." I came here with the desire to fight with you. But your strength is amazing. While carrying me on your side, you roamed everywhere. I wish to be your friend". Vali said ok and accepted Ravana's friendship.

(Chapters 31-34)

मारुतिजननम्

केसरी नाम वानरराजः सुमेरुपर्वतप्रदेशे राज्यं करोति स्म । तस्य भार्या अञ्जना । वायुदेवस्य वरप्रसादात् अञ्जनायां शिशुः एकः जातः । प्रसवानन्तरं सा अञ्जना फलसंग्रहार्थं वनं गता । सूर्योदयसमयः आसीत् तदा । बुभुक्षया पीडितः वायुपुत्रः मारुतिः बालसूर्यं फलम् इति मत्वा तं खादितुम् आकाशे डयनं कृतवान् । तस्मिन् समये राहुः अपि सूर्यग्रहणाय आगच्छति स्म । सूर्यस्य समीपे कञ्चित् शिशुं दृष्ट्वा राहुः इन्द्रस्य समीपम् अगच्छत् । राहुः इन्द्रं प्रति अवदत् - "इदानीं पर्वकालः । पर्वकाले सूर्यः मया भक्षणीयः इति नियमः । परन्तु अन्यः कश्चित् सूर्यं भक्षितुम् आगतः ।

अहं किं करवाणि?" इन्द्रः ऐरावतगजम् आरुह्य राहुणा सह सूर्यस्य समीपं गतवान्। मारुतिः सूर्यं त्यक्त्वा राहुं भक्षितुं तं प्रति गतवान्। राहुः भयात् इन्द्रस्य शरणं गतः। शिशुः मारुतिः पुष्टगजम् एव फलम् इति मत्वा ऐरावतं प्रति अधावत्। तदा इन्द्रः वज्रायुधस्य प्रयोगं कृतवान्। वज्रस्य आघातेन मारुतेः वामहनुः भग्नः अभवत्। मारुतिः पर्वतप्रदेशे निश्चेष्टः अपतत्। पतितं पुत्रम् आदाय वायुदेवः गुहाम् एकां प्राविशत्। तस्य कोपात् लोके वायुगतिः निरुद्धा अभवत्। तस्मात् सर्वः लोकः संत्रस्तः अभवत्।

लोकस्य कष्टं दृष्ट्वा ब्रह्मदेवं पुरस्कृत्य देवगणः वायुदेवस्य समीपम् आगच्छत्। ब्रह्मदेवस्य स्पर्शात् शिशुः मारुतिः सचेष्टः अभवत्। तेन मुदितः वायुदेवः लोके पुनः वायोः सञ्चारम् आरभत। हनुः भग्नः इति कारणात् एषः हनुमान् नाम्ना ख्यातः भविष्यति इति इन्द्रः उक्तवान्। वज्रायुधात् तस्य भयं न भवति इति अपि वरं दत्तवान्। सूर्यदेवः मारुतिं सर्वशास्त्रप्रवीणं करोमि इति वरं दत्तवान्। मारुतिः दीर्घायुः भविष्यति तथा वरुणपाशात् भयं न भवति इति वरुणः उक्तवान्। कुबेरः शङ्करः विश्वकर्मा च शस्त्रास्त्रेभ्यः मारुतेः भयं न विद्यते इति वरान् दत्तवन्तः। ब्रह्मास्त्रात् अपि तस्य भयं न भवति इति ब्रह्मदेवेन वरः प्राप्तः। मारुतिः सर्वदा अजेयः अवध्यः भवति इति देवाः वरं दत्त्वा स्वलोकान् अगच्छन्।

एवं वरप्राप्तः मारुतिः बाल्यकाले ऋषीणाम् आश्रमेषु क्रीडति स्म। तदा महाशक्तियुतः सः क्रीडासमये आश्रमस्थितानां वस्तूनां विध्वंसनं करोति स्म। तत् दृष्ट्वा त्रस्ताः ऋषयः मारुतिं प्रति एवं शापम् अकथयन् - "तव बलं तव स्मरणे मास्तु। यदा कश्चित् तव बलं स्मारयति तदा तव बलस्य वर्धनं भविष्यति"। ततःप्रभृति मारुतिः आश्रमेषु मृदुभावेन क्रीडितवान्। अनन्तरं हनुमान् सूर्यसकाशात् सर्वशास्त्राणाम् अध्ययनम् अकरोत्। सर्वविधेषु शास्त्रेषु शस्त्रेषु अपि मारुतेः समः त्रिलोकेषु कोऽपि नास्ति।

वाली किष्किन्धायाः राजा अभवत्। वालिना बहिष्कृतः तस्य भ्राता सुग्रीवः ऋष्यमूकपर्वतप्रदेशे निवासम् अकरोत्। हनुमान् सुग्रीवस्य आप्तमित्रम् आसीत्। वालिनिग्रहणे समर्थः अपि हनुमान् आत्मबलस्य ज्ञानाभावात् तत् कार्यं न कृतवान्।

Birth of Maruti

A vanara-king named Kesari was ruling in the area of Sumeru mountain. His wife was Anjanaa. By the boon of the wind god (Vaayudeva), a baby was born to Anjanaa. After the delivery of the baby, Anjanaa went to the forest to get fruits. It was then the time of sunrise. Troubled by hunger, Maruti, the son of Vaayu, thought the rising sun as a fruit and flew into the sky to eat it. At the same time, Raahu was also coming to eat the sun. Seeing a baby near the sun, Raahu went to Indra. Raahu said to Indra, "It is that time now. At this time, it is a given that the sun will be swallowed by me. But someone else came to eat the sun. What should I do?" Indra, mounted atop the Airaavata elephant, went near the sun with Raahu. Maruti, left the sun and went towards Raahu to eat him. Raahu, frightened, sought the protection of Indra. Baby Maruti thought the fat elephant was a fruit and ran towards Airavata. Then Indra threw his Vajra weapon. When hit with Vajra, the left jaw of Maruti was broken. Maruti fell down unconscious in a mountain area. Vayudeva took the fallen son and entered a cave. With his anger, the movement of the wind stopped in the world. Because of that, all of the entire world was troubled.

Seeing the peril of the world, the group of gods, with Brahma at the front, came near Vayudeva. With the touch of Brahma, baby Maruti regained his consciousness. Pleased with that, Vayudeva started the flow of the wind again in the world. Indra said, "Because the jaw was broken, Maruti would known as Hanumaan. He also gave the boon that Maruti won't have fear of the Vajra weapon. The Sun god gave the boon that he would make Maruti - an expert in all the scriptures and sciences. Varuna said - Maruti will live long and won't have the fear of Varuna's rope (weapon). Kubera and Shankara gave the boon that there won't be any fear for Maruti of any weapons. Brahma gave the boon that Maruti won't have the fear of even the brahmastra (weapon of Brahma). The gods gave the boon that Maruti would always be invincible and unkillable and went back to their abode.

Thus, by obtaining the boon, Maruti, in his childhood used to play in the huts of sages. Being very strong, he used to destroy the things in the huts. Seeing that, the troubled sages cursed Maruti - "You would forget your strength. When someone reminds you of your strength, then only your strength will grow". Then onwards, Maruti used to play softly in the huts. Afterwards, Hanumaan studied all the scriptures and sciences from the Sun god. There is no one in the three worlds equalling Maruti in scriptures or in knowledge of weapons.

Vali became the king of Kishkindha. Expelled by Vali, his brother Sugriva stayed near the area of Rishyamuka mountain. Hanuman was a very close friend of Sugriva. Even though capable of defeating Vali, because of ignorance of his own strength, Hanuman did not do that work.

(Chapters 35-36)

रामसभा

रामः सभायां मुनिभिः मन्त्रिभिः नृपैः मित्रैः परिवारेण च परिवृतः पुराणकथाश्रवणेन कालयापनम् अकरोत्। तदनन्तरं रामेण पूजिताः जनकादयः नृपाः स्वदेशं प्रति निर्गताः। मासद्वयानन्तरं सुग्रीवादयः वानराः विभीषणादयः राक्षसाः अपि स्वदेशं प्रति निर्गताः। अथ रामः किञ्चित् कालं सुखेन न्यवसत्।

Rama's Court

Rama spent his time in the court surrounded by sages, kings, friends and relatives. After that, Janaka and other kings, respected by Rama, went back to their countries. After two months, Sugriva and other vanaras, Vibhishana and other rakshasas also went back to their countries. Then, Rama lived happily for some time.

(Chapter 37)

वालि-सुग्रीव-जन्म-वृत्तान्तम्

ब्रह्मदेवः एकादा ध्यानमग्नः भूत्वा उपविष्टवान् । तदा तस्य नेत्रात् अश्रुबिन्दुः भूमौ अपतत् । तस्मिन् बिन्दौ एकः महान् वानरः जातः । तस्य नाम ऋक्षराजः । सः प्रतिदिनं वनात् पुष्पाणि आनय्य ब्रह्मदेवम् अर्चयति स्म । एकदा ऋक्षराजः बहु पिपासुः अभवत् । सः वने एकस्य महासरोवरस्य समीपं गतः । सरोवरस्य जले स्वस्य मुखम् अपश्यत् । तत्

वक्रं वानारमुखं दृष्ट्वा सः ऋक्षराजः अचिन्तयत् - एषः जले कश्चिद् अन्यः वानरः मम शत्रुः अस्ति इति । तं बिम्बरूपिणं शत्रुं मारयितुं ऋक्षराजः जले न्यपतत् । जले कोऽपि नासीत् । यदा सः जलात् बहिः आगतवान् तदा तस्य शरीरं सुन्दरस्त्रीरूपे परिवर्तितम् आसीत् ।

तस्मिन् समये एव तत्र देवाधिपतिः इन्द्रः आगतः । सूर्यदेवः अपि तत्र आगतः । सरोवरस्य तीरे सुन्दरीं तरुणीं दृष्ट्वा इन्द्रसूर्ययोः तस्याम् आसक्तिः उत्पन्ना अभवत् । देवेन्द्रस्य आसक्तिः वानरतरुण्याः वाले (पुच्छे) आसीत् । इति कारणात् इन्द्रस्य यः पुत्रः जातः तस्य नाम वाली इति अभवत् । देवेन्द्रः पुत्राय वालिने सुवर्णहारम् एकं दत्त्वा देवलोकम् अगच्छत् । सूर्यस्य आसक्तिः तरुण्याः ग्रीवायाम् आसीत् । इति कारणात् सूर्यस्य पुत्रस्य नाम सुग्रीवः इति अभवत् । सूर्यः पुत्रस्य सुग्रीवस्य साहाय्यार्थं वायुपुत्रं हनूमन्तं नियम्य स्वलोकं गतवान् । यदा रात्रिः समाप्ता पुनः सूर्योदयः अभवत् तदा ऋक्षराजस्य रूपं पुनः पुरुषरूपे परिवर्तितम् अभवत् । पितामहस्य ब्रह्मदेवस्य निदेशात् वाली किष्किन्धाप्रदेशस्य अधिपतिः अभवत् ।

Birth of Vali and Sugriva

Brahmadeva once sat down for meditation. Then, from his eye, a drop of tears fell on the ground. In the middle of that drop, a great vanara was born. His name was Riksharaja. Every day he used to bring flowers from the forest and worshiped God Brahma. Once, Riksharaja became very thirsty. He went near a large lake in a forest. He looked at his own face in the lake's water. Looking at his own crooked vanara-face, Riksharaja thought, "In this water, there is some vanara who is my enemy." To kill the enemy who was in the form of a reflection, Riksharaja jumped into the water. There was nobody in the water. When he came out of the water, his body turned into a beautiful woman's form.

At the same time, there came Indra, the king of the gods. The Sun God also came there. Both Indra and the Sun became interested in the beautiful young lady on the banks of the lake. Indra's interest was in the hairs of the tail (called vAla) of that vanara lady. For that reason, the son who was born, his name became Vali. Indra gave a golden necklace to his son, Vali, and went to the abode of the gods. Sun's interest was in the neck (called grIvA) of the lady. Therefore, his son's name became Sugriva (one who has a beautiful neck). Sun appointed Hanuman, the son of Vayu, as counsel for his son Sugriva and went to his own abode. When the night was over and the sun rose again, Riksharaja again turned into a male. Per the instructions of Brahma, Vali became the ruler of the Kishkindha region. (Additional Chapter)

रावणस्य नारायणलोकप्राप्तेः इच्छा

दशाननः रावणः ब्रह्मवरात् अति दर्पितः लोके सर्वत्र पर्यटन् क्षत्रियान् पराजितवान् । तथापि तस्य युद्धपिपासा न शान्ता अभवत् । सः एकदा नारदमुनिम् अपृच्छत् - "लोके ये मनुष्याः सन्ति ते सर्वे बलहीनाः । बलवन्तः जनाः कुत्र सन्ति इति कृपया सूचयतु" इति । बलवन्तः जनाः श्वेतद्वीपे वसन्ति इति नारदः अवदत् । तत् श्रुत्वा रावणः राक्षससैन्येन सह श्वेतद्वीपम् अगच्छत् । श्वेतद्वीपस्य समीपे प्रचण्डवायुः वहति स्म । तस्मात् भीतं राक्षससैन्यं ततः पलायनम् अकरोत् । रावणः एकाकी एव श्वेतद्वीपस्य प्रवेशं कृतवान् । तत्र केवलं युवतयः क्रीडन्ति स्म । ताः रावणं दृष्ट्वा त्वं कः इति अपृच्छन् । रावणः क्रुद्धः अवदत् - "अहं त्रिलोकविजयी रावणः । युद्धार्थम् अत्र आगतवान् । परन्तु एकम् अपि पुरुषं न पश्यामि अत्र" । युवतयः हसन्त्यः तं रावणं क्षुद्रकीटः इव हस्तेन गृहीत्वा पुनः आकाशे उत्पात्य खेलनम् अकुर्वन् । ताभिः युवतिभिः अवमानितः रावणः ततः स्वदेशं न्यवर्तत ।

पुनः एकदा रावणः महामुनेः सनत्कुमारस्य समीपं गतः । रावणः मुनिम् अपृच्छत् - "अस्मिन् लोके सर्वश्रेष्ठः देवः कः? कस्य कृपया युद्धे जयः भवति? देवैः हताः दैत्याः कां गतिं प्राप्नुवन्ति?" मुनिः अवदत् - "देवः नारायणः अनादिः अनन्तः । सः सर्वश्रेष्ठः । तेन हताः दैत्याः अपि नारायणलोकं प्राप्नुवन्ति । अन्यैः देवैः हताः देवलोकं प्राप्य पुनः मर्त्यलोकं

गच्छन्ति" इति। तत् श्रुत्वा रावणः देवस्य नारायणस्य एव वैरं कर्तुं निश्चयं कृतवान्। मुनिः सनत्कुमारः पुनः अवदत् - "श्रीमन्नारायणः भूमौ इक्ष्वाकुवंशे अवतरति। सः पत्न्या भ्रात्रा च सह वनं गच्छति। तावत् कालपर्यन्तं त्वं प्रतीक्षां कुरु"। रावणः एवं नारायणस्य अवातरेण रामेण सह युद्धं कर्तुं निश्चितवान्।

Ravana aims to get the Abode of Narayana

The ten-headed Ravana, being very arrogant by Brahma's boon, wandering everywhere in the world, defeated the warriors. Even then, his thirst for war did not cease. He once asked sage Narada, "The men who are in this world are all weak. Please tell me where there are strong people. Narada said strong people live on Shveta island. Hearing that, Ravana, with his Rakshasa army, went to the Shveta island. There was a turbulent wind blowing near the Shveta island. Scared of that, the Rakshasa army fled from there. Ravana entered Shveta island alone. There on the island, only a few young women were playing. Seeing Ravana, they asked, "Who are you?" Ravana angrily said, "I am Ravana, conqueror of the three worlds. I came here seeking war. But I don't see a single man here. " Laughing, the young women grabbed Ravana by their hands, as if (he was) a small insect, and tossed him up in the sky and played. Insulted by those young women, Ravana went back to his country.

At some other time, Ravana went near the great sage Sanatkumara. Ravana asked the sage, - "In this world, who is the greatest god? By whose courtesies are wars won? What will be the state of rakshasas when killed by the gods? " The sage said, "God Narayana has no origin, no end. He is the best. The rakshasas killed by him get the abode of Narayana. Those killed by others obtain the abode of gods, and then they go back to the world of mortals. " Hearing that, Ravana decided to take up enmity with God Narayana. Sage Sanatkumar again said, "Narayana will come down to the earth in the Ikshvaku dynasty. He will go to the forest with his wife and brother. Until that time, you can wait. " Thus, Ravana decided to wage war against Rama, the incarnation of Narayana.

(Additional Chapter)

सीतावियोगः

रामः इक्ष्वाकुकुले जातः। सीतया सह तस्य विवाहः जातः। सः पित्रुवाक्यपालनाय सीतया अनुजेन लक्ष्मणेन च सह वनं गतः। रावणः सीताम् अपहृत्य लङ्काम् अनयत्। रामः सीताम् अन्विष्यन् सूर्यपुत्रसुग्रीवेण सह सख्यम् अकरोत्। वायुपुत्रेण हनुमता सीता लङ्कानगरे दृष्टा। रामः

वानरसैन्येन सह लङ्कानगरं प्रामोत्। ततः संभूते महायुद्धे तेन कुम्भकर्णः रावणः च हतौ। रावणनगरे सीता वासं कृतवती। अतः तस्याः चारित्र्यविषये जनापवादः मास्तु इति युद्धावसाने सीता अग्निपरीक्षाम् असहत। अनन्तरं रामः अयोध्याम् आगत्य राज्यभारम् अकरोत्।

कालेन सीता गर्भवती अभवत्। गर्भकाले किम् इष्टम् तत् पूरयामि इति रामः सीताम् उक्तवान्। मुनिजनानाम् आश्रमे रात्रिम् एकां वस्तुम् इच्छामि इति सीता स्वमनोभिलाषां प्राकटयत।

एकस्मिन् दिने रामः गूढचारमुखेन प्रजाः सीताविषये इतोऽपि संदेहं कुर्वन्ति इति ज्ञातवान्। अयोध्यानगरस्य केचन जनाः कदाचित् परस्परं वार्तालापम् एवं कुर्वन्ति स्म - “वने रावणेन हृता सीता। परगृहे निवासं कृता। तया सह अस्माकं राजा रामः इदानीं वसति” इति। तत् ज्ञात्वा रामः राजधर्मपरिपालनार्थं सीतां त्यक्तुं निर्धारं कृतवान्। तदा सीता गर्भिणी आसीत्। रामः सर्वेषां भ्रातॄणां पुरतः स्वनिर्धारं प्रकटितवान्। मुनिजनानाम् आश्रमप्रदेशे सीतां विसृज्य आगन्तुं रामः प्रियभ्रातरं लक्ष्मणम् आदिशत्। खिन्नः लक्ष्मणः मुनिदर्शनव्याजेन सारथिना सुमन्त्रेण सह सीतां गङ्गानदीतीरम् अनयत्। ततः नौकायां सीतया सह नदीम् अतरत्। तत्र सः गङ्गातीरप्रदेशे वने रामस्य निर्धारं सीतायै न्यवेदयत्। सीता परमदुःखिता अपि रामस्य निर्णयस्य कारणं ज्ञात्वा सा रामाय शुभम् एव अचिन्तयत्। लक्ष्मणः सीतां तत्र त्यक्त्वा गङ्गापारं प्रत्यागतवान्। वने

रुदतीं स्थितां सीतां वाल्मीकिमहर्षिः स्वाश्रमम् अनयत् । तत्र आश्रमस्त्रीभिः सह तस्याः वासम् अकल्पयत् । दूरेण एव तत् दृष्ट्वा लक्ष्मणः पुनः नदीं तीर्त्वा रथस्य समीपम् आगतवान् ।

सीतां विसृज्य आगतं दुःखितं लक्ष्मणं दृष्ट्वा सारथिः सुमन्त्रः अवदत् - हे लक्ष्मण, अस्मिन् विषये शोकः न करणीयः । अत्र रहस्यम् एकं कथयामि । राजा दशरथः एकदा दुर्वासोमुनेः सेवां कृत्वा तम् अपृच्छत् - "मम पुत्रस्य भाग्यं कीदृशम्? तस्य सन्ततिः कीदृशी?" दुर्वासाः तस्य उत्तररूपेण अवदत् - "रामः दीर्घकालं राज्यभारं करिष्यति । तस्य पुत्रद्वयं भविष्यति । परन्तु पत्नीवियोगम् अनुभविष्यति" । राजा दशरथः पत्नीवियोगस्य कारणं किम् इति पृष्टवान् । मुनिः अकथयत् तस्य कारणम् । पुरातनकाले सुरैः युद्धे पराभूताः दैत्याः भृगुमहर्षेः आश्रमं गत्वा महर्षेः पल्याः शरणं प्राप्तवन्तः । जगद्रक्षकः नारायणः दैत्यजनाश्रयां भृगुपत्नीं चक्रेण संहतवान् । तदा क्रुद्धः भृगुऋषिः - भूलोके जननं प्राप्य बहुकालं पत्नीवियोगम् अनुभवतु इति नारायणं शप्तवान् । इति उक्त्वा सुमन्त्रः रथम् अयोध्यानगरं प्रति अगमयत् ।

Separation of Sita

Rama was born into the Ikshvaku dynasty. He got married to Sita. To keep his father's promise, he went to the forest with Sita and his younger brother, Lakshmana. In the forest, Ravana abducted Sita and took her to Lanka. While searching for Sita, Rama became friends with Sugriva, the son of the sun god. Vayu's son, Hanuman, met Sita in the city of Lanka. Rama reached Lanka with the army of vanaras. In the battle that ensued, Kumbhakarna and Ravana were killed by him. Sita stayed in the city of Ravana. To avoid people doubting her character, Sita took the fire test. After that, Rama came to Ayodhya and ruled the kingdom.

Even then, some people of Ayodhya sometimes used to talk like - "Sita was abducted by Ravana. She lived in someone else's house. Now, our king Rama lives with her". Knowing that, Rama, to maintain the high morality of the kingship, decided to abandon Sita. Sita was pregnant then. Rama revealed his decision in front of all his brothers. Rama told his dear brother Lakshmana to leave Sita in the vicinity of the huts of sages and return to the city. The sad Lakshmana, in the pretense of visiting the sages, took Sita to the banks of the Ganga river with the charioteer Sumantra. From there, he crossed the river in a boat with Sita. There, on the banks of the Ganga river, in the forest, he told Sita of Rama's decision. Sita, even though very sad, knowing the reason for Rama's decision, wished well for Rama. Lakshmana left Sita there and came back to the banks of the Ganga. Looking at Sita, who was standing in the forest crying, the sage Valmiki took her to his hut. There, he arranged for her to live with the women in the hut. Seeing that, Lakshmana again crossed the river and came back to the chariot.

Seeing the sorrowful Lakshmana who got back after leaving Sita, the charioteer Sumantra said, "Hey Lakshmana, do not be sad in this aspect. I will tell you a secret about this. Once upon a time, King Dasharatha, in the service of the sage Durvasa, asked him: what is the future of my son? What would be his progeny? Sage Durvasa, in response to that, said: Rama will rule for a long time. He will have two sons. But he will experience separation from his wife. Dasharatha asked him the reason for the separation. The sage told the reason: in the olden times, the gods defeated in a war by the daityas went to the hut of sage Bhrigu and took shelter with the sage's wife. Narayana, the keeper of the world, killed the wife of Bhrigu, who was sheltering the daityas. Then the angry sage Bhrigu cursed Narayana to take birth on the earth and endure the separation from his wife for a long time.

(Chapters 38-51)

नृगराजस्य कथा

लक्ष्मणः राजभवनं गत्वा दुःखितं भ्रातरं रामं सान्त्वनवचनानि अवदत्। तस्मात् किञ्चित् शान्तिं प्राप्य श्रीरामः राज्यकार्यं कर्तुं प्रारभत। राजा राजकार्ये उदासीनः न भवेत् इति उक्त्वा रामः कथाम् एकाम् अकथयत्। पुरा नृगः इति नृपः आसीत्। एकदा द्वौ ब्राह्मणौ तस्य समीपे विवदन्तौ आगतौ। राजा नृगः बहुकालं ताभ्यां दर्शनं न दत्तवान्। तदा क्रोधितौ ब्राह्मणौ - भवान् कृकलासः भवतु इति नृपाय शापं दत्तवन्तौ। राजा नृगः क्षमां संप्रार्थ्य शापनिवारणविधानम् अपृच्छत्। तदा तौ ब्राह्मणौ उक्तवन्तौ - कालान्तरे विष्णुः भूमौ यदुवंशे वासुदेवः इति नाम्ना अवतरिष्यति। तदा सः तव शापविमोचनं करिष्यति। एवं राजा नृगः कृकलासरूपं प्राप्त्वा दीर्घकालं भूमौ निवासम् अकरोत्।

Story of King Nriga

Lakshmana went to the palace and said pacifying words to the grieving Rama. Getting some relief from it, Shri Rama started looking into the matters of governance. A king should not be ignorant of the matters of governance. Saying thus, Rama narrated a story: In the past, there was a king by the name of Nriga. Once, two brahmanas came to him, bickering amongst themselves. For a long time, King Nriga did not attend to them. Then the angered Brahmanas cursed the king to become a chameleon. King Nriga asked for forgiveness and asked for a way to get rid of the curse. Then the Brahmanas said: "After some time, Vishnu will come down to earth in the Yadu dynasty, by the name Vaasudeva, and get rid of the curse." Thus, king Nriga, turning into a chameleon, lived for a long time on earth.

(Chapters 52-54)

जनकस्य जननम्

इक्ष्वाकुवंशे निमिः नाम राजा आसीत्। एकदा सः महायागम् एकं कर्तुं निश्चितवान्। यागस्य पौरोहित्यं कर्तुं सः वसिष्ठमहर्षिं प्रार्थितवान्। तदा वसिष्ठः अवदत् - "अहं देवेन्द्रस्य यज्ञकार्यं प्रथमं समाप्य अनन्तरं तव पौरोहित्यं करिष्यामि। तावत् कालं मम प्रतीक्षां करोतु"। इति उक्त्वा वसिष्ठः इन्द्रपुरीम् अगच्छत्। निमिराजः अन्यैः ऋषिभिः सह यागस्य समापनं कृतवान्। इन्द्रस्य यज्ञकार्यं समाप्य वसिष्ठमहर्षिः निमिराजस्य भवनम् प्रत्यागतः। निमिराजस्य यागः समाप्तः इति श्रुत्वा वसिष्ठः क्रुद्धः अभवत्। सः - भवान् शरीररहितः भवतु निमिराजाय इति शापं दत्तवान्। तत् श्रुत्वा निमिराजः अपि - भवान् अपि निर्देहः भवतु इति वसिष्ठाय शापं दत्तवान्। इति परस्परं शापं दत्त्वा तौ स्वशरीरं त्यक्तवन्तौ।

स्वशरीरं त्यक्त्वा वसिष्ठः तेजोरूपेण ब्रह्मदेवस्य समीपम् अगच्छत्। ब्रह्मदेवः देहप्राप्तिः पुनः कथं भवेत् इति उपायम् एकम् अकथयत्। ब्रह्मदेवस्य कथनस्य अनुगुणं वसिष्ठः तेजोरूपेण एव वरुणदेवस्य भवनम् अगच्छत्। तत्र अप्सराक्षी उर्वशी अपि आसीत्। उर्वशीं दृष्ट्वा वरुणदेवः काममोहितः तया सह समागमनं प्रार्थयत्। उर्वशी अवदत् - "मम मनः त्वयि आसक्तम् अस्ति। परन्तु मित्रदेवेन सह मम सङ्गमः निश्चितः अस्ति। अतः त्वया सह समागमः भवितुं न शक्यः"। तदा वरुणदेवः स्वस्य वीर्यम् एकस्मिन् कुम्भे स्थापितवान्। तस्मात् कुम्भात् आदौ जातः

महर्षिः अगस्त्यः । अनन्तरं वसिष्ठस्य तेजसा युक्तः मित्रावरुणः जातः । मित्रावरुणः इक्ष्वाकुवंशस्य कुलपुरोहितः अभवत् ।

मित्रदेवः उर्वश्याः आसक्तिः वरुणे अस्ति इति ज्ञात्वा क्रुद्धः तस्यै - मनुष्यलोके किञ्चित् कालं तव निवासः भवतु इति शापं दत्तवान् । तत्र पुरूरवराजः तव पतिः भविष्यति इति अपि अवदत् ।

तत्र निमिराजस्य देहं विशेषलेपादिविधिना मुनयः रक्षितवन्तः । निमिराजः शरीररहितः एव देवानां स्तुतिम् अकरोत् । तस्मै वरं दातुम् इच्छन्तः देवाः कीदृशं रूपम् इच्छसि इति निमिराजम् अपृच्छन् । निमिः अहं सर्वजन्तूनां नेत्रेषु निवसितुम् इच्छामि इति अवदत् । देवाः अवदन् - "तथास्तु । भवान् सर्वजन्तूनां नेत्रेषु वायुरूपेण वसतु । भवतः कारणेन जनाः नेत्राणि निमिष्यन्ति" । निमिराजस्य देहम् उपयुज्य मुनयः विशेषमथनकार्यम् अकुर्वन् । तस्मात् मथनकार्यात् जातः मिथिः इति पुत्रः । तस्य नाम जनकः इति अपि आसीत् । विना शरीरात् विदेहात् जातः इति तस्य नाम वैदेहः इति अपि अभवत् । सः एव जनकवंशस्य पूर्वजः ।

Birth of Janaka

In the Ikshvaku dynasty, there was a king named Nimi. Once, he decided to perform a big sacrificial ritual (yajna). He requested the sage Vasishtha to lead the yajna. Vasishtha said, "I will first complete the work of Indra's yajna, then I will do the work of your yajna. Until that time, wait for me. " Saying thus, Vasishtha went to Indra's town. King Nimi finished the yajna with other sages. After finishing the yajna of Indra, Vasishtha went to the palace of King Nimi. Hearing that the yajna of King Nimi was finished, Vasishtha became angry. He cursed King Nimi to become bodiless. Hearing that, King Nimi also cursed Vasishtha to become bodiless. Thus, giving the curse to each other, they left their bodies.

Leaving his body, Vasishtha, in the form of a spirit, went near God Brahma. Brahma told Vasishtha a way to get a body. As told by Brahma, Vasishtha, in the form of a spirit, went to the abode of God Varuna. The apsara Urvashi was also there. Seeing Urvashi, Varuna, smitten by desire, requested union with her. Urvashi said, "My mind is interested in you. But my union is fixed with God Mitra. Therefore, union is not possible with you." Then Varuna placed his power in a pot. From that, the first sage, Agastya, was born. After that, from the spirit of Vasishtha, the sage Mitravaruna was born. He became the family priest of the Ikshvaku dynasty.

God Mitra, knowing that Urvashi's interest was in Varuna, got angry and cursed her to live in the world of mortals for some time. He also said that King Puroorava would become her husband there.

The sages protected the body of King Nimi with a process of special smearing, etc. King Nimi, without having a body, prayed to the gods. Wanting to give him a boon, the gods asked him what form he would like to have. Nimi said that he would like to live in the eyes of all the animals. The gods said, "Let it be so. You will live in the eyes of all the animals in the form of air. Because of you, the animals will blink. " Using the body of King Nimi, the sages undertook a special churning process. Born out of that churning (mathana) was a son named Mithi. His name was also Janaka. Because he was born without the cause of a physical body (videha), his name also became Vaideha. He was the forefather of the Janaka dynasty.

(Chapters 55-57)

राजा ययातिः

ययातिः नाम राजा आसीत् । तस्य शर्मिष्ठा तथा देवयानी इति भार्याद्वयम् । शर्मिष्ठायाः पुत्रः पूरुः । देवयान्याः पुत्रः यदुः । शर्मिष्ठायां तस्याः पुत्रे च ययातेः गुरुतरा प्रीतिः । अतः देवयानी दुःखिता स्वपितरं दैत्यगुरुं शुक्राचार्यं प्रति वृत्तान्तं न्यवेदयत् । कुपितः शुक्राचार्यः - भवान् वृद्धः भवतु इति ययातिं शापं श्रावितवान् । शापकारणात् ययातिः जरापीडितः अभवत् । सः पुत्रं यदुम् आहूय अवदत् - "पुत्र, अहम् इदानीम् एव वृद्धाप्यं न इच्छामि । इतोऽपि अधिककालं तारुण्यसुखम् अनुभवितुम् इच्छामि । मम वृद्धावस्थां भवान् स्वीकरोतु । भवतः तारुण्यं मह्यं ददातु" ।

यदुः प्रत्यवदत् - "पूरुः भवतः प्रियतरः। मयि भवतः तावान् स्नेहः नास्ति। अतः भवान् पूरुम् एव पृच्छतु"। ययातिः पूरुं पृष्टवान्। पूरुः संतोषेण पितुः ययातेः वार्धक्यं स्वीकृतवान्। ययातिः पुनः तारुण्यं प्राप्य अनेकवर्षकालं राज्यभारनिर्वहणम् अकरोत्। अनन्तरं सः पूरुम् आहूय पुनः तस्मात् वार्धक्यं प्रतिगृहीतवान्। पूरुम् एव राजपदे नियुक्तवान्। ययातिः अविधेयं यदुं बहिष्कृत्य तस्य संततिः राक्षससदृशी भवतु इति शापम् अददात्।

King Yayaati

There was a king named Yayaati. He had two wives, Sharmishtha and Devayani. Sharmishtha's son was Pooru. Devayani's son was Yadu. Yyati loved Sharmishtha and her son more (than Devayani and her son). Therefore, an unhappy Devayani told this her father, Shukracharya, the mentor of daityas. Angry Shukracharya cursed Yayati to turn into an old person. Because of the curse, Yayati was afflicted with old age. He called his son Yadu and said, "Son, I don't like old age as of now." I would like to enjoy being young for some more time. Take my old age. Give me your youth. " Yadu replied - "You like Pooru better. You don't love me that much. Therefore, you ask Pooru only". Yayati asked Pooru. Pooru happily exchanged his youth for the old age of his father, Yayaati. Yayati, obtained the youth again and ruled over the land for many years. After that, he called Pooru and took back the old age from him again. He appointed Pooru to the post of king. Yayati procrastrated the adverse Yadu and gave him the curse that his progeny would become like rakshasas (evil).

(Chapters 58-59)

लवकुशजननम्

मधुः नाम दैत्यः धर्मपरः आसीत् । मधोः तपसा प्रीतः रुद्रदेवः तस्मै शूलायुधं वररूपेण दत्वा अवदत् - "यस्य हस्ते एतत् शूलायुधं भवति तस्य पराभवः न संभवति । किन्तु यदि शूलेन सुराणां विप्राणां वा पीडा भवति तर्हि तत् आयुधं विफलं भूत्वा मम समीपे प्रत्यागमिष्यति" । मधुः तत् शूलायुधं गृहीत्वा यमुनानदीतीरस्थितं स्वनगरम् आगच्छत् । मधोः एकः पुत्रः आसीत् । तस्य नाम लवणः । सः महाक्रूरः आसीत् । पुत्रस्य अवगुणात् शोकतप्तः मधुः तस्य हस्ते शूलायुधं दत्वा नगरत्यागम् अकरोत् । लवणः शूलायुधं प्राप्य मुनिजनान् पीडयितुम् आरब्धवान् । तेन पीडिताः मुनयः रामस्य समीपं गत्वा लवणासुरस्य वधाय प्रार्थयन् । रामः

भ्रात्रे शत्रुघ्नाय एकं दिव्यबाणं दत्त्वा तं लवणासुरस्य वधाय न्ययोजयत् ।
शत्रुघ्नः लवणस्य नगरं प्रति प्रस्थानम् अकरोत् । सः मार्गे वाल्मीकिमुनेः
आश्रमं प्राप्तवान् ।

तत्र आश्रमस्य समीपे अन्यः पुरातनः यज्ञमण्डपः आसीत् । तस्य विषये
शत्रुघ्नः वाल्मीकिमुनिम् अपृच्छत् । वाल्मीकिः तस्य आश्रमस्य कथां
श्रावितवान् । पूर्वं सौदासः नाम राजा आसीत् । सः एकदा मृगयाकाले
राक्षसद्वयम् अपश्यत् । सौदासः राक्षसम् एकम् अमारयत् । तस्मात् अन्यः
राक्षसः अतिक्रुद्धः अभवत् । राजा सौदासः एकदा यागम् एकम् अकरोत् ।
तस्मिन् यागे सः राक्षसः वसिष्ठमुनेः रूपं धृत्वा आगवान् । सः
मांसभोजनाय सौदासं प्रार्थयत । सौदासः राक्षसस्य कपटवेषम् अज्ञात्वा
मांसभोजनाय आदेशं दत्तवान् । राक्षसः पाचकवेषेण स्वयं नरमांसभोजनं
पक्त्वा आनयत् । सौदासः तत् मांसभोजनं स्वगुरवे वसिष्ठाय समर्पितवान् ।
ततः क्रुद्धः वसिष्ठः - भवान् नरभक्षकः भवतु इति सौदासराजं शप्तवान् ।
तदा सौदासः कोपेन वसिष्ठाय प्रतिशापं दातुम् हस्ते जलं गृहीतवान् ।
परन्तु विप्राय शापः न दातव्यः इति तस्य पत्नी अवदत् । सौदासः हस्ते
गृहीतं मन्त्रपूतं जलं स्वस्य पादयोः उपरि अपातयत् । तस्य पादौ कल्मषं
कृष्णवर्णं प्राप्तवन्तौ । ततः सौदासः कल्माषपादः इति प्रसिद्धः अभवत् ।
सः द्वादशवर्षानन्तरं शापमुक्तः भूत्वा पुनः राज्यभारम् अकरोत् ।
वाल्मीकिमुनेः आश्रमसमीपे सः पुरातनः यज्ञमण्डपः कल्माषपादस्य एव
आसीत् ।

शत्रुघ्नः रात्रौ वाल्मीकिमुनेः आश्रमे एव न्यवसत्। तस्याम् एव अर्धरात्रौ आश्रमे सीतायाः पुत्ररत्नद्वयं जातम्। वाल्मीकिः कुशः लवः इति बालकयोः नामकरणम् अकरोत्। शत्रुघ्नः सीतादेवीं प्रणम्य अग्रे प्रयाणम् अकरोत्।

Birth of Lava and Kusha

There was a daitya by the name of Madhu who was righteous in nature. Pleased by the penance of Madhu, the god Rudra gave him a spear weapon as a boon and said, "One who has this spear in his hand will not be defeated. But if the gods or brahmanas are troubled, then the weapon would fail and come back to me". Madhu, taking that spear, went to his city, which was on the banks of the river Yamuna. Madhu had a son. His name was Lavana. He was very cruel. Saddened by the bad character of his son, Madhu gave the spear to his son and left the city. Lavana, obtaining the spear, started to trouble the sages. Troubled by him, the sages went to Rama and prayed to kill Lavana. Rama gave a divine arrow to his brother Shatrughna and employed him to kill Lavana. Shatrughna left for Lavana's city. On the way, he reached the hut of the sage ValmIki.

There was an old sacrificial altar near that hut. Shatrughna asked Sage ValmIki about it. ValmIki narrated its story. Long ago, there was a king named Saudasa. Once, during hunting, he saw two rakshasas. Saudasa killed one of the rakshasas. Therefore, the other rakshasa became very angry. King Saudasa once performed a sacrifice. In that, the rakshasa came in the guise of the sage Vasishtha and asked for meat food. Saudasa, without knowing the deceitful form of the rakshasa, ordered the meat food. The rakshasa himself, in the guise of a cook, cooked the meat food and brought it. Saudasa gave that food to his teacher, Vasishtha. Therefore, Vasishtha became angry and cursed the king, Saudasa, to become a man-eater. Then, Saudasa also angrily took water in hand to curse Vasishtha. However, his wife said a brahmana should not be cursed. Saudasa poured the sacred water in his hand onto his own feet. His feet turned blackish. Therefore, Saudasa became known as Kalmashapada (one with dirty feet). He became free from the curse after twelve years and again ruled the kingdom. The sacrificial altar near Valmiki's hut was that of Kalmashapada.

Shatrughna stayed at Sage Valmiki's hut for the night. On that very night, two sons were born to Sita. Valmiki named them Kusha and Lava. After paying respect to Sita, Shatrughna traveled further.

(Chapters 60-66)

लवणासुरवधः

शत्रुघ्नः अग्रे प्रयाणं कृत्वा यमुनानदीतीरस्थितं च्यवनमहर्षेः आश्रमं प्रापत्।
तत्र लवणासुरस्य शूलेन के निहताः पूर्वम् इति शत्रुघ्नः च्यवनमहर्षिम्
अपृच्छत्। च्यवनमहर्षिः एकं वृत्तान्तम् अकथयत्। पूर्वम् इक्ष्वाकुवंशे
युवनाश्वस्य पुत्रः मान्धाता इति राजा अभवत्। सः सकलां पृथिवीं
जितवान्। तदनन्तरं सः देवलोकं जेतुं मनः अकरोत्। तदा भीतः देवेन्द्रः
मान्धातृराजम् अवदत् - "त्वया संपूर्णः भूलोकः एव न इतोऽपि जितः।

अखिलं भूलोकं जित्वा अनन्तरं देवलोकविजयार्थं चिन्तय" इति । मान्धाता अपृच्छत् - "भूलोके कोस्ति मया अद्यापि न जितः?" देवेन्द्रः अभणत् - "अस्ति लवणः नाम राक्षसः यः तव आधिपत्यं न अनुमन्यते" । तदा मान्धाता लज्जया भूलोकम् आगत्य लवणासुरं युद्धाय आह्वयत् । तदा प्रवर्तिते युद्धे लवणस्य शूलेन मान्धाता हतः ।

शूलकथाश्रवणानन्तरं प्रातः शत्रुघ्नः यमुनानदीं तीर्त्वा लवणस्य राजधानीं मधुरापुरीं प्रापत् । लवणः आहारसंग्रहार्थं नगरात् बहिः गतः आसीत् । तस्य हस्ते शूलं नासीत् । सः प्रत्यागत्य नगरस्य द्वारे स्थितं सायुधं शत्रुघ्नम् अपश्यत् । तयोः मध्ये तुमुलं युद्धं संजातम् । लवणासुरः महावृक्षेण एकेन शत्रुघ्नं शिरसि अताडयत् । तेन शत्रुघ्नः मूर्छितः अभवत् । लवणः तदा स्वभवनं गतः । शत्रुघ्नः हतः इति मत्वा सः शूलधारणं न कृतवान् । शत्रुघ्नः शीघ्रम् एव संज्ञां लब्ध्वा रामदत्तेन शरेण लवणासुरम् अमारयत् । तत् दिव्यं शूलं रुद्रदेवस्य समीपं पुनर्गतम् ।

शत्रुघ्नः मधुरापुर्याम् एव उषित्वा द्वादशवर्षाणि राज्यम् अपालयत् । अनन्तरं सः रामदर्शनाय अयोध्यां प्रति प्रस्थितवान् । मध्ये वाल्मीकिमुनेः आश्रमं प्राप्य सुमधुरं रामायणगीतम् अशृणोत् । ततः सः अयोध्यानगरीं प्राप्य रामेण सह अमिलत् । सप्ताहं तत्र उषित्वा रामस्य आज्ञया मधुरापुरीं प्रत्यगच्छत् ।

Slaying of Lavanasura

Shatrughna traveled further and reached the hut of Sage Chyavana on the banks of the Yamuna river. There Shatrughna asked Sage Chyavana, "Who all were killed earlier by the trident?" The sage told a story. Once upon a time, in the Iksvaku dynasty, there was a king named Mandhata, son of Yuvanashva. He conquered the entire earth. After that, he decided to conquer the abode of the gods. Then Indra, the king of gods, scared, said to Mandhata, "The entire earth is not yet conquered by you. After conquering the entire earth, you think of conquering the abode of the gods. Mandhata asked, "Who on earth is still not conquered by me?" Indra said, "There is one rakshasa by the name Lavana, who does not accept your sovereignty." Then Mandhata returned to the earth in shame and challenged the rakshasa, Lavana, to a battle. In the battle that ensued, Mandhata was killed by Lavana's trident.

After listening to the story of the trident, in the morning, Shatrughna crossed the river Yamuna and reached Madhura city, the capital of Lavana. Lavana had gone out of the city to fetch food. He had no trident in his hand. He came back and saw Shatrughna with weapons. A fierce battle ensued between them. Lavana hit Shatrughna on the head with a large tree. Shatrughna lost his conscious. Then Lavana went to his house. Thinking that Shatrughna was dead, he kept the trident aside. Shatrughna quickly gained consciousness and killed Lavana

with the arrow given by Rama. That divine trident went back
to God Rudra.

Shatrughna stayed in the city of Madhura and ruled the
kingdom for twelve years. After that he left for Ayodhya to see
Rama. On the way, he reached the hermitage of sage Valmiki
and heard the song of Ramayanam. From there, he reached the
city of Ayodhya and met Rama. He stayed there for a week and
went back to the city of Madhura per the directions of Rama.

(Chapters 67-72)

शम्बूकवधः

एकदा कश्चित् ब्राह्मणः रामस्य राजभवनं रुदन् आगतवान्। स्वपुत्रस्य मरणात् शोकतप्तः सः। देशस्य राज्ञः दोषपूरितं शासनम् प्रजानां दुःखस्य कारणं भवति। रामस्य कश्चित् अपराधः एव पुत्रस्य अकालमरणस्य कारणम् इति सः ब्राह्मणः अकथयत्। पुत्रमरणात् दुःखविह्वलः सः स्वयमपि मृत्युं गच्छामि, तदा रामः ब्रह्महत्यापापं विन्दति इति कटुवचनानि

अभाषत। तदा रामः ऋषिगणं मन्त्रिगणं च आहूय ब्राह्मणपुत्रस्य मरणस्य कारणं किम् इति मन्त्रालोचनम् अकरोत्। तस्मिन् सभायां नारदः रामम् अवदत् - "वर्णोचितं कर्मानुष्ठानं शास्त्रेषु विहितम्। शूद्रवर्णानां तपः न धर्मसम्मतम्। इदानीं तव राज्ये कश्चित् शूद्रः तपोनिरतः। शूद्रं तं वर्णविरुद्धकर्माचरणात् पराङ्मुखं कुरुष्व। तदा तव राज्ये धर्मसंस्थापनं भविष्यति। अयं ब्राह्मणपुत्रः पुनर्जीवितः भविष्यति" इति।

नारदस्य वचनं श्रुत्वा रामः तं तपोनिरतं शूद्रम् अन्वेष्टुं प्रस्थानम् अकरोत्। पुष्पकविमानम् आरुह्य सः सर्वासु दिशासु शूद्रस्य मार्गणम् अकरोत्। दक्षिणदिशि एकस्मिन् सरोवरे अधोमुखं लम्बमानं तपोनिरतं पुरुषं सः अपश्यत्। तस्य नाम वर्णं तपसः कारणं च रामः अपृच्छत्। सः पुरुषः अवदत् - "शम्बूकः नाम शूद्रः अहम्। देवलोकं पातुं तपः करोमि" इति। तत् श्रुत्वा रामः खड्गेन शम्बूकस्य शिरश्छेदनम् अकरोत्। शम्बूकवधात् देवाः सर्वे संतुष्टाः अभवन्। ब्राह्मणपुत्रः पुनः जीवितः अभवत्। ततः रामेण सहितः देवगणः अगस्त्यमुनेः आश्रमं प्रामोत्।

Slaying of Shambuka

Once, a brahmana came crying to Rama's palace. He was full of sorrow over the death of his son. Faulty governance by a country's ruler becomes the cause of citizens' sorrow. The brahmana said that some fault of Rama's was the very reason for his son's untimely death. Troubled by his son's death, he uttered these harsh words: "I will also die, then Rama will attain the sin of killing a brahmana." Then Rama called the group of sages and ministers and consulted them about the reason for the death of brahmana's son. In that court, Narada said to Rama, "In the scriptures, the conduct of various rites is specified according to one's varna. Penance for shudravarna is not appropriate per dharma. Now, in your kingdom, some shudra is doing penance. You stop that shoodra from doing a deed that is not appropriate for his varna. Then, dharma will be established in your kingdom. This brahmana's son will live again. "

Listening to Narada, Rama started out to find the shudra who was doing penance. He rode in the Pushpaka plane and searched the shudra in all directions. In the southern direction, near a lake, he saw a man hanging upside down, doing penance. Rama asked his name, varna, and the reason for the penance. That man said, "I am a shudra by the name of Shambooka. I am doing penance to attain the heavens." Hearing that, Rama cut off Shambooka's head with his sword. The gods became happy with the killing of Shambooka. The son of the brahmana lived again. After that, the god's group, along with Rama, reached the hermitage of the sage Agastya.

(Chapters 73-76)

श्वेतस्य मुक्तिः

अगस्त्यमुनिः देवगणं रामं च सत्कृतवान् । सः रामाय दिव्यमेकम् आभरणं समर्पयितुम् ऐच्छत् । रामः तत् आभरणं कथं प्राप्तम् इति अगस्त्यमुनिम् अपृच्छत् । अगस्त्यमुनिः तां कथां वक्तुम् आरभत ।

अगस्त्यमुनिः एकदा तपः कर्तुं काननम् एकं प्राविशत् । तत्र एकः सुन्दरः सरोवरः आसीत् । सरोवरतीरे सः एकं शवम् अपश्यत् । सः शवः पुष्टः आसीत् । एषः शवः केन कारणेन अत्र स्यात् इति अगस्त्यः अचिन्तयत् । तदा एकः दिव्यविमानम् अम्बरात् अवतीर्णम् । विमाने अनेकाः अप्सराःस्त्रियः नृत्यन्ति स्म । विमाने सिंहासने एकः सुन्दरः पुरुषः उपविष्टः आसीत् । सः विमानात् अवतीर्य शवम् अभक्षयत् । तत् दृष्ट्वा विस्मितः अगस्त्यः तं पुरुषम् अपृच्छत् - "भवान् दिव्यपुरुषः कः? शवभक्षणम् अत्यन्तं हेयकर्म । तथापि तव तत्कार्यस्य कारणं किम्?"

तदा सः दिव्यपुरुषः अवदत् - "पुरा विदर्भदेशस्य राजा आसीत् सुदेवः इति । अहं तस्य प्रथमः पुत्रः । श्वेतः इति मम नाम । द्वितीयः पुत्रः सुरथः इति । मम पितुः निधनानन्तरं बहुकालं राज्यभारं कृत्वा अहं तपः कर्तुम् एतं वनम् आगच्छम् । अत्र वने अस्य सुन्दरसरोवरस्य तीरे सहस्राधिकवर्षाणि तपः आचर्य स्वर्गपदं प्राप्तवान् । स्वर्गे क्षुधा पिपासा च न भवति । परन्तु तत्रापि अहं क्षुधया पिपासया च पीडितः । तस्य कारणं किम् इति अहं पितामहस्य चतुर्मुखस्य समीपं गत्वा अपृच्छम् । मम

आहारः कः इति अपि अपृच्छम् । तदा चतुर्मुखः - मम शरीरस्य मांसम् एव मम आहारः इति अवदत् । तपश्चरणकाले आहारत्यागः न कृतः मया । तदेव मम पीडायाः कारणम् इति चतुर्मुखः अवदत् । यदा अगस्त्यमुनिः तं वनम् आगमिष्यति तदा अस्मात् कर्मबन्धनात् मम मोक्षः भविष्यति इति चतुर्मुखः उक्तवान् । अतः एव अहं स्वशरीरं भक्षयामि" ।

इत्युक्त्वा श्वेतः पुनः अवदत् - "हे मुने, स्वशरीरमांसभक्षणेन परमदुःखितः अहम् । भवान् एव मम रक्षकः । कृपया एतत् दिव्याभरणं गृहाण । अस्मात् दुःखात् मां रक्षतु" । अगस्त्यः तस्य पुरुषस्य विमोचनाय तत् आभरणं स्वीकृतवान् । तदा श्वेतस्य मानुषशरीरं नष्टम् अभवत् । सः दिव्यशरीरं धृत्वा स्वर्गं प्रामोत् ।

Liberation of Shveta

Sage Agastya welcomed Rama and the group of gods. He wished to give a divine ornament to Rama. Rama asked Agastya how the ornament was obtained. Agastya started to narrate that story.

Agastya once entered a forest to do penance. There was a beautiful lake. On the banks of the lake, he saw a (human) corpse. That corpse was well-nourished. Agastya thought what the reason could be for that corpse to be lying there. Then a divine airplane descended from the sky. Within the plane, many celestial women were singing. On the plane, a handsome man was sitting on a throne. He got down from the plane and ate the corpse. Looking at that, a shocked Agastya asked that man, "O divine person, who are you? Eating a corpse is a lowly deed. What is the reason for you doing that? "

Then the divine person said, "In the olden times, there was a king of Vidarbha, by the name Sudeva. I am his first son. My name is Shveta. The second son was Suratha. After my father's death, I ruled the kingdom for many years and came to this forest to do penance. Here in the forest, I did penance for over a thousand years on the banks of this lake and then gained a place in heaven. In heaven, there is no hunger or thirst. But I was also bothered by hunger and thirst.I went near the creator, Brahma, and asked for its reason. What is my food now? Then the four-headed (Brahma) said my own flesh would be my food. I did not abstain from food while performing penance. That was the reason for my misery. Brahma said when sage Agastya comes to that forest, then you will be released from this condition. That is the reason I eat my own body. "

Shveta again said, "Oh sage, I am greatly miserable about eating my own flesh. You are my only savior. Please take this divine ornament. Get me out of this misery". To help the man out of his misery, Agastya accepted that ornament. Then the human body of Shveta was destroyed. Taking on the divine body, Shveta reached heaven.

(Chapters 77-78)

दण्डकारण्यस्य निर्माणम्

श्वेतेन प्रविष्टं तत् वनं निर्जनं मृगरहितं च आसीत् । तत् कथम् इति रामः अगस्त्यम् अपृच्छत् । अगस्त्यः तां कथां वक्तुम् आरभत ।

पुरा कृतयुगे मनुः नामकः राजा अभवत् । तस्य पुत्रः इक्ष्वाकुः । पुत्रं राज्यपदे स्थापयित्वा मनुः स्वर्गम् अगच्छत् । अपराधिनः अवश्यं दण्डनीयाः तथा च निरपराधिनः सर्वथा न दण्डार्हाः इति उपदेशं गमनसमये मनुः पुत्राय अददात् । इक्ष्वाकुः धर्मेण राज्यभारम् अकरोत् । तस्य अनेके पुत्राः जाताः । तेषु कनिष्ठः पुत्रः मूढः अल्पमतिः च आसीत् । एषः पुत्रः अग्रे दण्डनीयः भविष्यति इति चिन्तयित्वा इक्ष्वाकुः तस्य नामकरणं दण्डः इत्येव अकरोत् । तस्मै दण्डाय विन्ध्याचलप्रदेशे दुर्गमराज्यम् अददात् । सः दण्डः तस्मिन् पर्वतप्रदेशे मधुमन्तः इति नामकं सुन्दरं नगरं निर्माय राज्यं करोति स्म । भार्गवमुनिः तस्य पुरोहितः आसीत् ।

सः राजा दण्डः एकदा वने स्थितं भार्गवस्य आश्रमं प्रामोत् । आश्रमे भार्गवमुनिः न आसीत् । आश्रमप्रदेशे अरजा नाम भार्गवकन्या आसीत् । सुन्दरीं कन्यां दृष्ट्वा काममोहितः दण्डः तां स्प्रष्टुं मनः अकरोत् । तत् निराकुर्वती अरजा पितुः आगमनस्य प्रतीक्षणाय दण्डं प्रार्थयत । परन्तु दण्डः कामोन्मत्तः तस्याः वचनम् अश्रुत्वा बलात् तया सह व्याहरत् ।

ततः पश्चात् सः स्वनगरम् अगच्छत्। किञ्चित् कालानन्तरं भार्गवः आश्रमम् आगत्य दुःखितां पुत्रीम् अपश्यत्। क्रुद्धः सः भार्गवः - सप्तरात्रेण दण्डेन पालितं सर्वं राज्यं पांसुवर्षेण भस्मसात् भविष्यति। दण्डः सपरिवारः नाशं गच्छति - इति शापम् अददात्। तस्मिन् वने सुन्दरः सरोवरः आसीत्। तस्य समीपे पुत्र्यै वासं कल्पयित्वा सः भार्गवः देशान्तरम् अगच्छत्। ततः सप्तरात्रेण सः संपूर्णदेशः पांसुवर्षेण निर्जनः मृगरहितः अभवत्। सः एव प्रदेशः दण्डकारण्यम् इति प्रसिद्धः।

Making of Dandakaranya

The forest entered by Shveta was inhabitable and no animals lived there. Rama asked Agastya how that forest became inhabitable. Agastya started telling that story.

In the past, during the Kritayuga, there was a king named Manu. His son was Ikshvaaku. Crowning his son, Manu went to heaven. While going, he advised his son to make sure to punish the guilty people and not punish the innocents. Ikshvaaku ruled the kingdom with justice. He had many sons. Among them, the last one was stupid. Thinking that this one will be punishable in future, Ikshvaaku named him Danda (punishable). He gave him a difficult-to-access region near Mount Vindhya to rule. Danda built a city called Madhumanta and ruled the kingdom. Sage Bhargava was his advisor and priest.

Once, the king, Danda, went to the hut of Bhargava in the forest. Sage Bhargava was not in the hut. Near the hut, was Bhargava's daughter, named Arajaa. Bitten by lust, Danda wished to touch her. Rejecting it, Arajaa pleaded with him to wait for her father's return. But afflicted by lust, Danda ignored her words and acted forcibly on her. After that, he returned to his city. After some time, Bhargava came to the hut and saw his daughter in sorrow. The angry Bhargava cursed that in seven days, the area ruled by Danda would become inhabitable because of dust rain. And that Danda will also be destroyed along with his people. In that forest, there was a beautiful lake. Bhargava arranged a place for his daughter to live near that lake and went away to a different country. After that, in seven days, the whole country became inhabitable by a dust storm. That area is known as Dandakaranya.

(Chapters 79-81)

वृत्रासुरवधः

रामः अगस्त्यमुनिं प्रणम्य पुष्पकविमानेन ततः निर्गतः । सः अयोध्यापुरीं प्राप्य पुष्पकविमानं व्यसर्जयत् । अनन्तरं रामः राजसूययागं कर्तुम् अचिन्तयत् । तस्य यागस्य अनुष्ठानम् उचितं वा न इति सः भरतलक्ष्मणयोः अभिप्रायम् अपृच्छत् । भरतः अवदत् - "राजसूययागकारणात् युद्धानि संभवन्ति । प्रजाहानिः भवति । लोके सर्वे नृपाः अधुना एव तव अधीनाः सन्ति । सर्वः लोकः तव वशे वर्तते । तर्हि किमर्थं यागः?" रामः भरतस्य वचनं संमान्य यागं न करोमि इति अवदत् । लक्ष्मणः अवदत् - "अश्वमेधयज्ञः परमपावनः । तस्य प्रभावात् देवेन्द्रः ब्रह्महत्यादोषात् प्रमुक्तः अभवत्" इति । रामः तां कथां विस्तरेण श्रोतुम् ऐच्छत् । लक्ष्मणः कथां निरूपयितुम् आरभत ।

पुरा वृत्रः नाम दैत्यः धर्मज्ञः आसीत् । सः बहुकालं धर्मेण पृथिवीपालनं कृतवान् । पुत्रे राज्यं निक्षिप्य वृत्रः तपः चर्तुं वनम् अगच्छत् । तस्य उग्रतपःकारणात् देवेन्द्रः भीतः अभवत् । सः विष्णोः समीपं गत्वा वृत्रस्य हननोपायम् अपृच्छत् । तदा विष्णुः अवदत् - "वृत्रः मम भक्तः इति कारणात् तम् अहं स्वयं न हनिष्यामि । देवेन्द्रः मम बलात् एव वृत्रं हनिष्यति । अहम् एकांशेन इन्द्रे स्थास्यामि । मम द्वितीयः अंशः वज्रायुधे तिष्ठति । मम तृतीयः अंशः भूतले तिष्ठति" । अथ इन्द्रः तपः आचरतः वृत्रस्य समीपं गत्वा वज्रायुधेन तस्य शिरः अकृन्तत् । वृत्रः एकः ब्राह्मणपुत्रः आसीत् । ब्रह्महत्यादोषात् इन्द्रः शक्तिहीनः भूत्वा स्वर्गात् अदृश्यः अभवत् । इन्द्रस्य ब्रह्महत्यादोषनिवारणाय अन्ये देवाः विष्णुं प्रार्थयन्त । अश्वमेधयागं कृत्वा इन्द्रः दोषमुक्तः भवति इति विष्णुः असूचयत् । इन्द्रस्य अदर्शनात् लोके अनावृष्टिः समभवत् ।

देवाः ऋषयः च इन्द्रस्य समीपं गत्वा तेन अश्वमेधयज्ञम् अकारयन् । ततः ब्रह्महत्यादोषात् इन्द्रः मुक्तः । परन्तु सः दोषः ऋषिभिः यथानिर्दिष्टं चतुर्धा आत्मानं विभज्य एकेन अंशेन वर्षाकालीननदीषु द्विमासं स्थितः । दोषस्य द्वितीयः अंशः भूमौ न्यवसत् । तृतीयः अंशः यौवनशालिनीषु स्त्रीषु प्रतिमासं त्रिरात्रं स्थितः । चतुर्थः अंशः ब्राह्मणघातकेषु स्थितः । एवं देवेन्द्रः अश्वमेधयज्ञं कृत्वा पवित्रः अभवत् ।

इति लक्ष्मणः कथां श्रावयित्वा अश्वमेधयज्ञं कर्तुं रामं प्राचोदयत् ।

Slaying of Vritrasura

Rama bowed to Sage Agastya and left that place in the Pushpaka plane. He reached the city of Ayodhya and released the Pushpaka plane. After that, Rama wished to perform the Rajasuya sacrifice. He asked the opinion of Bharata and Lakshmana whether to perform the sacrifice or not. Bharata said, "Wars happen because of the Rajasuya sacrifice. People lose their lives. All the rulers in the world are already under your control. The whole world is in your control. Then what is the sacrifice for? " Rama respected Bharata's words and said he wouldn't perform the sacrifice. Laksmana said, "The Ashvamedha sacrifice is very sacred. By its effect, Indra was absolved of the Brahmahatya sin (the sin attained by killing a brahmin)". Rama wished to hear that story in detail. Laksmana started to narrate the story.

In the past, there was a daitya named Vritra. He was a pious one. He ruled the earth for many years with justice. He gave his kingdom to his son and went to the forest to do penance. Indra was terrified by his intense penance. He went near Vishnu and asked for a way to kill Vritra. Then Vishnu said, "Because Vritra is my devotee, I won't kill him myself. Indra will kill him with my power. A part of me will stay in Indra. Another part of me will stay in the Vajra weapon (weapon of Indra). Another portion will remain in earth.Thereafter, Indra went near Vritra, who was doing penance, and cut his head with the Vajra weapon. Vritra was a brahmin's son. Indra lost his strength through the sin of Brahmahatya (killing a brahmin) and disappeared from the heavens. The other gods prayed to Vishnu to absolve Indra of that sin. Vishnu said Indra would be free from sin by doing the Ashvamedha sacrifice. Because of Indra's disappearance, it did not rain on the earth.

The gods and sages went to Indra and made him perform the Ashvamedha sacrifice. At the end of the sacrifice, Indra got rid of the sin of killing a brahmana. But that sin, as instructed by the sages, divided itself into four parts. One part stays for two months in the rivers during rainy days. The second part stays in the earth. The third part stays for three nights in young women. The third part stays in killers of brahmins. Thus, Indra was cleansed by performing the Ashvamedha sacrifice.

Thus, Laksmana pleaded with Rama to perform the Ashvamedha sacrifice.

(Chapters 82-86)

इलस्य कथा

लक्ष्मणोक्तां कथां श्रुत्वा रामः अपि एकां कथां न्यरूपयत्। पुरा बाह्लिकदेशस्य राजा आसीत् कर्दमप्रजापतेः पुत्रः। इलः इति तस्य नाम। सः परमधार्मिकः। एकदा मृगयार्थं सः चैत्रमासे महारण्यम् एकं प्राविशत्। तस्मिन्नेव काले महादेवः शिवः तत्र विहारार्थं पत्न्या पार्वत्या सह तं प्रदेशम् आगतः। पार्वत्याः प्रीत्यर्थं शिवः स्त्रीरूपेण विहरति स्म। अपि च तस्य प्रदेशस्य सर्वान् वृक्षान् जीवगणान् च स्त्रीरूपे सः परिवर्तितवान्। राजा इलः तत् वृत्तम् अजानन् शिवपार्वत्योः विहारप्रदेशं प्राविशत्। सः तस्मिन् क्षणे एव स्त्रीरूपं प्राप्नोत्। भृशदुःखितः इलः शिवस्य समीपं गत्वा स्वस्य स्त्रीरूपनिवारणाय प्रार्थयत्। शिवेन इलस्य प्रार्थना निराकृता च। तदा शिवस्य अर्धाङ्गिनी पार्वती इलस्य अर्धभागं स्त्रीरूपम् हरामि इति अवदत्। तदा इलः मासमेकं स्त्रीत्वं मासमपरं पुरुषत्वं भवतु इति प्रार्थयत्। तथास्तु इति उक्त्वा पार्वती अकथयत् - पुरुषरूपेण यदा भवसि तदा त्वं स्त्रीत्वं न स्मरसि। तथैव यदा तव स्त्रीत्वं भवति तदा पुरुषरूपं स्मरणे न तिष्ठति।

एवं सः राजा इलः ततः आरभ्य एकस्मिन् मासे इलः नामकः पुरुषः अपरस्मिन् मासे इला नाम्नी सुन्दरी स्त्री भूत्वा जीवनयापनम् अकरोत्।

Story of Ila

Listening to the story told by Lakshmana, Rama also narrated a story. In the past, creator Kardama's son was the king of Bahlika country. His name was Ila. He was very just. Once, in the springtime, he entered a large forest for hunting. At the same time, God Shiva came to that area to spend time. To please Parvati, Shiva's wife, Shiva was wandering in the form of a woman. Also, he converted all the trees and living beings in that area into feminine forms. Not knowing that fact, King Ila entered that area of Shiva and Parvati's pastime. At that very moment, he turned into a woman. With great sorrow, Ila went to Shiva and requested that he get rid of his feminine form. Shiva rejected his request. Then Shiva's wife, Parvati, said that she would take away half of Ila's feminine form. Then Ila requested one month of feminine form and the next month of masculine form. So Parvati said, "Let it be so. When you are in masculine form, you won't remember the feminine form. Similarly, when you are in feminine form, the masculine form won't come to your memory".

Thus, from then on, King Ila spent one month as a man named Ila and another month as a beautiful woman named Ilaa.

(Chapter 87)

इलायाः कथा

भरतलक्ष्मणौ विस्मितौ इलायाः कथां विस्तरेण कथयितुं रामं प्रार्थयताम्। रामः कथां प्रवक्तुम् आरभत।

इला अनेकाभिः स्त्रीभिः सहिता वनम् एकं प्रविश्य विहारं कृतवती। तदा चन्द्रस्य सुतः बुधः तस्मिन् वने एकस्य सरोवरस्य तीरे तपोनिरतः आसीत्। वनविहारं कुर्वती इला तं सरोवरं प्रविश्य सखीभिः सह क्रीडामग्ना अभवन्। अप्सराक्षीः इव भासन्तीम् इलां दृष्ट्वा बुधः तस्याम् अनुरक्तः अभवत्। अनन्तरं सः बुधः इलायाः आश्रमं प्रामोत्। तत्र सः तस्याः सखीमुखात् इलायाः पूर्ववृत्तान्तं सर्वं ज्ञातवान्। बुधः इलया सह मिलित्वा

स्वपरिचयं दत्वा सहवासं प्रार्थयत । इला अपि बुधस्य तेजोमयं रूपं दृष्ट्वा तस्य वशम् अगच्छत् । अथ बुधः तस्मिन् वसन्तसमये इलया सह एकमासम् अरमत । मासानन्तरं शयनं गता इला स्त्रीरूपं त्यक्त्वा प्रातः पुरुषरूपेण उत्थिता । इलस्य मनसि स्त्रीरूपस्य स्मरणम् एव नासीत् । सः आश्रमात् बहिः आगत्य सरोवरतीरे तपोमग्नं बुधम् अपश्यत् । इलः बुधम् अपृच्छत् - "अहं वनं प्रविष्टः आसं मम सैन्येन सह । मम सैन्यं कुत्र गतम्?" इति ।

इलस्य वचनं श्रुत्वा बुधः सान्त्वयन् अवदत् - "तव सैन्यं पाषाणवर्षेण नष्टं गतम् । त्वं तदा भीतः मम आश्रमे सुप्तः । इदानीं भयं त्यक्त्वा मम आश्रमे एव संवत्सरकालं निवसतु" । परिवारजनस्य नाशं श्रुत्वा शोकतप्तः इलः अवदत् - "भृत्यगणरहितः अहम् अत्र एव निवसामि । मम अनुपस्थितौ मम पुत्रः शशबिन्दुः बाह्लीकराज्यस्य शासनं करोति" - इति । एवम् इलः बुधस्य आश्रमे एकमासं स्त्रीरूपेण एकमासं पुरुषरूपेण न्यवसत् । नवमे मासे इलायाः बुधस्य सुतस्य जन्म अभवत् । सः पुत्रः एव पुरूरवाः ।

संवत्सरानन्तरं बुद्धिमान् बुधः अनेकान् मुनिजनान् आहूय इलस्य स्त्रीरूपनिवृत्यर्थं कः उपायः इति चर्चितवान् । मुनयः सर्वे मिलित्वा इलस्य हितार्थम् अश्वमेधयज्ञम् अकुर्वन् । यज्ञेन संतुष्टः महादेवः शिवः प्रत्यक्षः अभवत् । इलाय स्त्रीरूपनिवृत्तिरूपं वरं दातुं शिवः प्रार्थितः । इलाय पुनः

संततं पुरुषत्वं प्रदाय शिवः अन्तर्हितः अभवत् । इलस्य प्रथमपुत्रः शशबिन्दुः बाह्लीकदेशस्य शासनं करोति स्म । इलः मध्यदेशे प्रतिष्ठानम् इति नूतननगरं निर्माय तत्र राज्यम् अकरोत् । इलस्य अनन्तरं बुधपुत्रः पुरूरवाः प्रतिष्ठानराज्यं प्राप्तवान् ।

Story of Ilaa

Astonished by that story, Bharata and Lakshmana requested Rama to narrate Ila's story in detail. Rama started to narrate the story.

Ila entered a forest with many women and roamed around. At that time, Buddha, son of the moon (god), was doing penance near a pond in that forest. Roaming in the forest, Ila entered the pond with her friends and became engrossed in playing. Seeing Ila, who was beautiful like a nymph (apsara), Buddha fell in love with her. Afterwards, he reached Ila's tent. From her friends, he came to know everything about Ila's history. Buddha met Ila, introduced himself, and asked her to live with him. Looking at Budha's radiance, Ila also fell for him. Thus, during the springtime, Budha enjoyed Ila's company for a month. After a month, Ila went to bed and woke up as a man. Ila did not remember the woman-form at all. He came out and saw Budha, who was in meditation. Ila asked Budha, "I entered the forest. Where did my army go?"

Hearing Ila's words, Budha pacified him and said, "Your army was destroyed by a shower of stones. You were then scared and went to sleep in my hut. Now, without any fear, live in my hut for a year". Hearing that his people were destroyed, Ila was distressed and said, "Having lost my servants, I will stay here only. In my absence, my son Shashabindu will rule the country of Bahlika". Thus, Ila lived in Budha's hut for one month as a woman and the next month as a man. In the ninth month, the son of Ila and Budha was born. That son was Pururava.

After a year, the wise Budha invited many sages and discussed with them ways to get rid of Ila's womanhood. For the benefit of Ila, the sages together did the ashvamedha sacrifice. Happy with the sacrifice, God Shiva revealed himself. Shiva was requested to abolish Ila's womanhood. Shiva gave the manhood back to Ila again and disappeared. Ila's first son, Shashabindu, was ruling the country of Bahlika. Ila built a new city, Pratishthana, in the mid-region and ruled that area. After Ila, Budha's son Pururava got the kingdom of Pratishthana.

(Chapters 88-90)

अश्वमेधयज्ञः

इति इलस्य अद्भुतां कथाम् उक्त्वा रामः अश्वमेधयागस्य सिद्धतार्थ लक्ष्मणम् आदिदेश । तदनुसारं नैमिषारण्यप्रदेशे यागस्य सिद्धता अभवत् । सुन्दरयज्ञवाटस्य निर्माणम् अभवत् । अनेके मुनिजनाः द्विजाः यज्ञार्थं तत्र समागताः । सहस्रशः जनाः नानादेशेभ्यः आगताः । अनेकैः वानरैः सह सुग्रीवः आगच्छत् । राक्षसगणैः सह विभीषणः आगतः । यज्ञार्थम् आवश्यकानि धनधान्यादीनि वस्तूनि सर्वाणि यज्ञवाटिकाप्रदेशं प्राप्तानि । यागस्य यजमानः रामः सीतायाः स्वर्णविग्रहेण सह तत्र प्राप्तवान् । अश्वमेधयागः मन्त्रोच्चारणसहितः आरब्धः । याचकेभ्यः सर्वेभ्यः यत्किमपि याचितं तत् सर्वं प्रभूतं दत्तम् । अनेके राजानः रामाय महाघ्र्यान् उपहारान् अर्पितवन्तः । यज्ञस्य अश्वः मोचितः । अश्वस्य रक्षणार्थं लक्ष्मणः अनुगतः ।

Ashvamedha Sacrifice

Thus, narrating the astonishing story of Ila, Rama ordered Lakshmana to prepare for the sacrifice. Accordingly, preparation for the sacrifice was done in the Naimisharanya area. A beautiful sacrificial area was built. Many sages and brahmanas came there for the sacrifice. Thousands of people came there from various countries. Sugriva came with many vanaras. Vibhishana came there with a group of rakshasas. Money, grains, and other things needed for the sacrifice reached the place of sacrifice. The performer of the sacrifice, Rama, reached there with a golden statue of Sita. Ashwamedha sacrifice started with the chanting of mantras. Whatever was asked was given to all who asked. Many kings offered pricey gifts to Rama. The sacrificial horse was released. To protect the horse, Laksmana went with it.

(Chapters 91-92)

लवकुशगानम्

वाल्मीकिमुनिः अनेकैः ऋषिभिः सह यज्ञवाटम् आगतः । वाल्मीकिना सह रामतनयौ लवकुशौ अपि आगतौ । यागप्रदेशस्य समीपे वाल्मीकिः एकम् आश्रमं निर्माय तत्र उषितवान् । स्वेन रचितं रामायणकाव्यं ऋषिवाटेषु जनसमूहेषु राजमार्गेषु तन्त्रीतालसहितम् गातुं सः लवकुशौ आदिष्टवान् । विशेषतः रामस्य वासस्थानस्य पुरतः यत्र यज्ञकार्यं प्रवर्तते स्म तत्र काव्यं गातुं वाल्मीकिः बालकौ आदिशत् । परिभ्रमणसमये श्रमः न भवेत् इति उत्तमफलानि अपि ताभ्यां वाल्मीकिः दत्तवान् । रामायणस्य आदिमानां विंशतिसर्गाणां गायनं कुरुतः इति वाल्मीकिः अवदत् । रामः पृच्छति चेत् भवन्तौ वाल्मीकिशिष्यौ इति उत्तरं दीयताम् इति सः अवदत् । गानं श्रुत्वा

रामः धनं ददाति चेत् तत् न स्वीकार्यम् इत्यपि वाल्मीकिः बालकान्
आदिशत् ।

लवकुशौ प्रातः उत्थाय काव्यस्य विंशतिसर्गान् गायन्तौ रामस्य पुरतः
अपि गतौ । तत् अद्भुतं श्लोकबद्धं काव्यं श्रुत्वा यज्ञवाटे स्थिताः जनाः सर्वे
विस्मिताः अभवन् । जटावल्कलधारिणौ तौ तेजोमयौ बालकौ दृष्ट्वा जनाः
तौ रामस्य प्रतिबिम्बौ इव दृश्येते इति अवदन् । रामः बालकयोः सुमधुरं
गानं श्रुत्वा कुतूहलपरः अभवत् । सः ताभ्यः सुवर्णं दत्त्वा तयोः परिचयम्
अपृच्छत् । वनवसिनौ आवां वाल्मीकिशिष्यौ धनेन किं प्रयोजनम् इति
उक्त्वा लवकुशौ तत् सुवर्णं निराकृतवन्तौ । रामः संपूर्णं काव्यं श्रोतुम्
ऐच्छत् । तदा लवकुशौ - "तत् दीर्घं काव्यं श्रोतुं दीर्घः समयः
आवश्यकः । अतः परेद्युः यागविरामकाले पुनः आगत्य श्रावयिष्यावः ।
भवान् परिवारजनैः सह सिद्धः भवतु" । इति उक्त्वा तौ ततः निर्गतौ ।

Singing by Lava and Kusha

Sage Valmiki came to the place of sacrifice with many sages. Along with Valmiki, Rama's sons, Lava and Kusha, also came there. Valmiki built a hut near the sacrificial grounds and stayed there. He instructed Lava and Kusha to sing the Ramayana poem, composed by himself and accompanied by the string instrument, in the crowds and on the main roads. In particular, in front of Rama's place, where the sacrifice was being performed, Valmiki instructed the boys to sing the poem. He also gave them good fruit so that they wouldn't be tired while roaming. Valmiki told them to recite the first twenty chapters of the Ramayana. He said, "If Rama asks, then tell him that you are the pupils of Valmiki." He also instructed that if Rama offers money after hearing the singing, it should not be accepted.

Lava and Kusha got up in the morning and went in front of Rama, singing the first twenty chapters of the poem. Listening to the wonderful poem composed in poetic meter, all the people in the sacrificial grounds were astonished. Seeing the radiant boys with matted hair and clad in animal skin, people said the boys looked like the reflection of Rama himself. Listening to the sweet singing of the boys, Rama became curious. He gave them gold and asked for their identity. Lava and Kusha said they were forest-dwellers and pupils of Valmiki and declined the money, saying it was of no use to them. Rama wanted to listen to the entire poem. Then Lava and Kusha said, "More time is needed to listen to the long poem. Therefore, we will return the next day during the break time of sacrifice to sing the poem. Be prepared with the others." And they went away from there.

(Chapters 93-94)

सीतायाः भूप्रवेशः

परेद्युः रामः लवकुशाभ्यां गीतं संपूर्णं स्वचरितम् अशृणोत्। गीतं श्रुत्वा सः लवकुशौ स्वस्य एव पुत्रौ इति जानन् हृष्टः अभवत्। रामः दूतान् प्रति अवदत् - "यदि सीता कलङ्करहिता अस्ति तर्हि सा यज्ञवाटिकाम् आगत्य सर्वजनसम्मुखे शपथं कुर्यात्। अस्मिन् विषये वाल्मिकिमुनेः सीतायाः च मनोगतम् विज्ञाय आगच्छन्तु" इति। वाल्मीकिमुनिः यत्र स्थितः तत्र गत्वा दूताः रामस्य आशयं न्यवेदयन्। वाल्मीकिः तत् श्रुत्वा - "यथा रामः वदति तथैव भवतु। श्वः सीता यज्ञवाटिकाम् आगत्य शपथं

करिष्यति” - इति अवदत् । दूतमुखेन वाल्मिकिवचनं श्रुत्वा राघवः हर्षितः अभवत् । अन्ये राजानः मुनयः अपि रामस्य प्रशंसनम् अकुर्वन् ।

अपरस्मिन् दिने प्रभातसमये सीताशपथं द्रष्टुं सहस्रशः जनाः समवेताः । नारदादिमुनयः अपि समागताः । वाल्मीकिः सीतया सहितः तत्र आगतः । जनाः सर्वे उत्साहिताः रामस्य सीतायाः च जयकारम् अवदन् । वाल्मीकिः अवदत् - “सीता सर्वदा परिशुद्धा अस्ति । एतत् जानन् अपि जनापवादभयात् रामेण त्यक्ता सा वने मम आश्रमप्रदेशे । पापरहिता धर्माचारसंपन्ना सा मया परिपालिता । एतौ लवकुशौ सीताप्रसूतौ रामस्य एव पुत्रौ । एतत् सत्यम्” इति । रामः बद्धाञ्जलिः वाल्मीकिं प्रति अवदत् - “भवतः वचनमेव पर्याप्तं सीतायाः विषये । पूर्वमेव देवानां संनिधौ तस्याः शीलस्य प्रमाणं प्राप्तम् । तदनन्तरमेव सा गृहम् आगता । तद्विषये मम संशयः नासीत् । जनापवादभयात् सीतायाः त्यागः कृतः मया । भवान् मम क्षमां करोतु । एतौ लवकुशौ यमौ मम पुत्रौ इति जानामि” इति ।

तस्मिन् समये महान् जनसमूहः आसीत् । देवगणः अपि आकाशे उपस्थितः । सर्वान् समागतान् पश्यन्ती काषायवस्त्रधारिणी सीता अवदत् - “यदि अहं परिशुद्धा यदि रामात् अन्यपुरुषः मया कदापि न चिन्तितः तर्हि धरणीदेवी मह्यं स्थानं ददातु” इति । तदा भूतलं भित्वा एकं रत्नखचितं सिंहासनम् उपरि आगतम् । तस्मिन् भूदेवी उपविष्टा आसीत् । सा सीतायाः स्वागतं कृत्वा सिंहासने उपावेशयत् । भूदेव्या सह आसने उपविश्य सीता

भूतले अदृश्या अभवत् । तत् दृष्ट्वा विस्मयाविष्टाः सर्वे - "सीते, तव शीलम् अन्यादृशम् । साधु साधु" इति अवदन् ।

सीतायाः भूतलप्रवेशं दृष्ट्वा रामः बहु दुःखितः अभवत् । शोकतप्तः सः सीतां प्रतिदातुं भूदेवीं प्रार्थयत् । अन्यथा भूमण्डलं नाशयामि इति सः आक्रन्दनम् अकरोत् । तदा देवप्रमुखः चतुर्मुखः रामाय रामस्य वैष्णवं रूपं स्मारयन् सीतया सह समागमः स्वर्गे भविष्यति इति अवदत् । संप्रति रामायणकाव्यस्य उत्तरभागं श्रोतुं न्यवेदयत् । सायंभूते तदा वाल्मीकिः लवकुशौ गृहीत्वा पर्णशालाम् अगच्छत् ।

Sita enters Earth

The next day, Rama listened to the complete story of himself, sung by Lava and Kusha. Listening to the story, he became happy by knowing that Lava and Kusha were his own sons. Rama told his messengers, "If Sita is faultless, then let her come to the sacrificial place and swear in front of all the people. Find out the opinion of Valmiki and Sita about this and come back". The messengers went to the place where the sage Valmiki stayed and told him Rama's intention. Valmiki listened to it and said, "Let it be as Rama says. Tomorrow Sita will come to the sacrificial place and do the swearing". Listening to Valmiki's words from the messengers, Rama became delighted. Other kings and sages also praised Rama.

The next day, in the morning, thousands of people gathered to watch the swearing in of Sita. Narada and other sages also came there. All the people were excited and hailed Rama and Sita. Valmiki said in the assembly, "Sita is always pure. Even after knowing this, fearing ill-saying by the people, Sita was abandoned by Rama in the vicinity of my hermitage. Sinless and virtuous Sita was taken care of by me. These Lava and Kusha born to Sita certainly are the sons of Rama. This is the fact".

Rama, with his folded hands, said to Valmiki, "Your words about Sita are good enough. In the past, I got proof of her purity in the presence of the gods. After that, she came back home. I did not have any doubts about it. Fearing the illsayings of others, I abandoned her. Please forgive me. I know that these Lava and Kusha are my sons".

At that time, there were many people. A group of gods was also present in the sky. Seeing all those assembled, Sita said, "If I am pure, if I have not thought about any man other than Rama in my mind, then let the Goddess Earth give me a place (inside her)." Then a throne adorned with diamonds came out by slitting the ground. Goddess Earth sat atop that throne. She welcomed Sita and gave her the seat on the throne. Sita vanished into the earth after she had sat with Goddess Earth.Seeing that, all the people were awestruck and said, "Hey Sita, your character is matchless. It is really great. "

Seeing that Sita had entered the earth, Rama was very pained. Full of sorrow, he requested Goddess Earth to return Sita to him. He cried that otherwise he would destroy the earth. Then Brahma, the chief of gods, reminded Rama of Rama's Vishnu form and said that his union with Sita would happen in heaven. For now, he asked Rama to listen to the latter part of the Ramayana story. As the evening set in, Valmiki went to his hut along with Lava and Kusha.

(Chapters 95-98)

तक्षशिलानगरस्य निर्माणम्

सीतारहितः रामः परमदुःखितः अश्वमेधयज्ञं समाप्य यज्ञार्थम् आगतान् सर्वान् व्यसृजत् । ततः परम् सः राज्यं धर्मेण पर्यपालयत् । सहस्राणि यागान् सः समाचरत् । सर्वेषु यागेषु यागकर्मार्थं सीतायाः सुवर्णप्रतिमा एव आसीत् । रामः पुनः विवाहं न कृतवान् । तस्य धर्मराज्ये कदापि दुर्भिक्षः नासीत् । प्रजाः सर्वाः आनन्देन वसन्ति स्म ।

कालान्तरे राममाता कौसल्या निधनं गता । लक्ष्मणमाता सुमित्रा भरतमाता कैकेयी च स्वर्गवासिन्यौ अभवताम् ।

केकयदेशं भरतस्य मातुलः युधाजित् नाम राजा प्रशासति स्म । सः स्वगुरुं गार्ग्यमुनिं दूतरूपेण रामस्य अन्तिके अप्रेषयत् । रामेण सम्पूजितः सः मुनिः केकयराजस्य सन्देशम् अकथयत् - "परमसुन्दरं सिन्धुप्रदेशं गन्धर्वाः इदानीं रक्षन्ति । हे राम, भवान् तान् गन्धर्वान् जित्वा सिन्धुदेशे स्वराज्यं स्थापयतु" इति । तत् वचनं श्रुत्वा रामः प्रीतः अभवत् । तक्षः पुष्कलः इति भरतस्य द्वौ पुत्रौ आस्ताम् । भरतपुत्रौ सिन्धुदेशस्य राजानौ भवताम् इति रामस्य आशयः आसीत् । अतः सः पुत्रद्वयेन सह ससैन्यं सिन्धुदेशं प्रति गन्तुं भरतम् आदिशत् । युधाजित् अपि केकयदेशतः ससैन्यं सिन्धुदेशं प्रामोत् । सप्तरात्रं भयङ्करं युद्धं समवर्तत । अक्षविद् भरतः गन्धर्वसैन्यं जितवान् । भरतस्य एकः पुत्रः तक्षः तक्षशिलानगरस्य राजा अभवत् ।

अन्यः पुत्रः पुष्कलः पुष्कलावतनगरस्य राजा अभवत् । पञ्चवर्षाणि पुत्राभ्यां सह सिन्धुदेशे उषित्वा भरतः अयोध्यानगरीं पुनरागच्छत् ।

लक्ष्मणस्य पुत्रौ अङ्गदः चन्द्रकेतुः चेति । रामस्य आदेशात् अङ्गदः कारुपथदेशस्य राजा अभवत् । तस्य राजधानी अङ्गदपुरी । चन्द्रकेतुः मल्लदेशस्य राजा अभवत् । चन्द्रकेतोः राजधानी चन्द्रकान्तानगरी ।

Founding the City of Takshashila

Distressed without Sita, Rama finished the Ashvamedha sacrifice and dismissed all those who came to the sacrifice. After that, he took care of the kingdom virtuously. He performed thousands of sacrifices. In all those sacrifices, the golden statue of Sita was there for the purpose of the rites. Rama did not marry again. There was never a famine in his virtuous kingdom. All the citizens lived happily.

Over time, Rama's mother, Kausalya, passed away. Lakshmana's mother Sumitra and Bharata's mother Kaikeyi also passed away.

Bharata's maternal uncle, a king by the name of Yadhajit, was ruling the country of Kekayas. He sent his teacher Sage Gargya, to Rama as his messenger. Welcomed by Rama, the sage said to Rama, "At this time, the gandharvas protect the beautiful region of Sindhu. By conquering those gandharvas, you establish your kingdom in the Sindhu region. " Listening to those words, Rama was pleased. Bharata had two sons named Taksha and Pushkala. Rama wished the sons of Bharata would become the rulers of the Sindhu region. Therefore, he ordered Bharata to proceed to the Sindhu region with his two sons and an army. From the Kekaya country, Yudhajit also reached the Sindhu region with an army. A fierce battle ensued for seven days. Bharata, an expert in special weapons, conquered the army of the gandharvas. Taksha, a son of Bharata, became the king of Takshashila city.

The other son, Pushkala, became the king of Pushkalavata city. After staying in the Sindhu region with his sons for five years, Bharata returned to the city of Ayodhya.

Lakshmana's sons were Anagada and Chandraketu. Per Rama's directions, Angada became the ruler of the Karupatha region. His capital city was Angadapuri. Chandraketu became the ruler of the Malla region. His capital city was the city of Chandrakanta.

(Chapters 99-102)

कालपुरुषस्य मेलनम्

अनेकानि वर्षाणि रामः राज्यं पालितवान्। एकदा स्वयं कालपुरुषः एव तापसरूपेण रामस्य भवनम् आगच्छत्। सः रामेण सह एकान्ते भाषणम् ऐच्छत्। यः कोऽपि भाषणकाले मध्ये आगच्छति सः वध्यः भवेत् इति सः रामेण सह समयम् अकरोत्। रामः तत् अङ्गीकृत्य लक्ष्मणं भवनद्वारे नियोज्य कमपि अन्तः मा प्रेषय इति आदिशत्।

अथ सः मुनिवेषधारी कालपुरुषः रामं प्रति उक्तवान् - "अहं कालः। पुरा भवता एव उत्पन्नः। पितामहः ब्रह्मा माम् इत्थम् उक्तवान् - भवान् समुद्रशायी। भवता जातौ मधुः कैटभः च। तयोः वधात् भूमिः मेदिनी इति प्रसिद्धा। नाभिकमले माम् उत्पाद्य सृष्टिकार्याय भवान् आदिष्टवान्। लोकरक्षणाय स्वयं विष्णुरूपेण स्थितवान्। रावणस्य वधार्थं भवान् दशवर्षसहस्राणि दशवर्षशतानि च कालमानं भूलोके मनुष्यरूपेण वासाय संकल्पं कृतवान्। इदानीं सः कालः समाप्तः। यदि भवान् इतोऽपि भूलोके वासम् इच्छति तर्हि तथा करोतु। अन्यथा कृपया देवलोकं पुनरागच्छतु" इति। तत् श्रुत्वा प्रीतः रामः अवदत् - "अस्तु। मम अवतारकार्यं समाप्तम्। यथा चतुर्मुखेन उक्तं तथा देवलोकं गमिष्यामि" इति।

तस्मिन् अभ्यन्तरे महर्षिः दुर्वासाः राजभवनम् आगतः। द्वारि स्थितं लक्ष्मणं दृष्ट्वा सः मुनिः अवदत् - "सद्यः एव अहं रामं द्रष्टुम् इच्छामि"। लक्ष्मणः प्रत्यवदत् - "रामः इदानीं कार्यमग्नः। किञ्चित् कालं प्रतीक्षताम्"

इति। परन्तु कोपिष्ठः दुर्वासाः - "अस्मिन् क्षणे एव रामस्य दर्शनं न भवति चेत् सर्वं रघुकुलं शपामि" इति उक्तवान्। कुलनाशात् स्वस्य एकस्य मरणम् एव उचितम् इति विचिन्त्य लक्ष्मणः अन्तः गत्वा रामाय दुर्वासोमुनेः आगमनविषयं सूचितवान्।

कालपुरुषं विसृज्य रामः दुर्वासोमुनेः स्वागतम् अकरोत्। मुनेः आगमनस्य कारणम् अपृच्छत्। मुनिः अवदत् - "वर्षसहस्रस्य मम व्रतम् एकं समाप्तम् अभवत्। अधुना भोजनम् इच्छामि" इति। रामः मुनये भोजनम् न्यवेदयत्। मुनिः भोजनं भुक्त्वा रामाय साधुवचनम् उक्त्वा ततः निर्गतवान्।

रामः पूर्वसमयानुसारेण लक्ष्मणः वधार्हः इति चिन्तयित्वा दुःखितः अभवत्।

Meeting of Kaala (Time)

Rama ruled the kingdom for many years. Once, time, in the form of an ascetic, came to Rama's palace. He wished to speak with Rama in secrecy and put a condition that if anyone came in the middle of their talk, then he should be killed. Rama agreed to it, engaged Lakshmana at the palace door, and asked Lakshmana not to send anyone inside.

Then, the time in the ascetic form said, "I am time. I was born of you in the past. The creator, Brahma, told me so: You (Rama) dwell in the ocean. Madhu and Kaitabha were born of you. Because of their killing, the earth is known as Medinee. He created me in his navel lotus and asked me to do the work of creation. He himself took the form of Vishnu. To kill Ravana, you (Rama) decided to live on the earth for eleven thousand years as a human. Now, that time is over. If you still wish to live on the earth, please do so. Otherwise, please return to the abode of the gods". Listening to that, Rama was pleased and said, "Let it be so. The purpose of my incarnation is complete. As said by Brahma, I will go to the abode of the gods".

In the meantime, the sage Durvasa came to the palace. Seeing Laksmana standing at the door, he said, "I wish to see Rama immediately." Laksmana replied, "Rama is currently preoccupied. Wait for some time. " But the wrathful Durvasa said, "If I can't see Rama at this instant, I will curse the entire clan of Raghus." Lakshmana walked in and informed Rama about the arrival of sage Durvasa, reasoning that his own death was preferable to the annihilation of the entire clan.

Rama greeted the sage Durvasa while dismissing time (who was in ascetic form). He inquired about the reason for the sage's arrival. The sage said, "My vow of a thousand years is complete. Now I wish to eat some food." Rama offered food to the sage. After eating the food and wishing Rama well, the sage left.

Rama became sorrowful upon knowing that Lakshmana was now to be killed as per the condition set before.

(Chapters 104-105)

लवकुशयोः राज्यप्राप्तिः

रामं दुःखितं दृष्ट्वा लक्ष्मणः अवदत् - "एतत्तु कालस्य गतिः । यथा त्वया प्रतिज्ञा कृता अस्ति तथा मम हननं करोतु । अस्मिन् विषये चिन्ता मास्तु" इति । रामः मन्त्रिगणम् पुरोहितं वसिष्ठं च आहूय दुर्वाससः प्रसङ्गम् अकथयत् । तत् श्रुत्वा वसिष्ठः उक्तवान् - "प्रतिज्ञापालनम् एव परमः धर्मः । अतः लक्ष्मणस्य त्यागः समुचितः" इति । ततः शोकतप्तः रामः लक्ष्मणं प्रति अवदत् - "सौमित्रे, तव त्यागं करोमि । त्यागः वधसमानः । अतः भवान् मां त्यक्त्वा गन्तुम् अर्हति" इति । रामस्य वचनं श्रुत्वा बाष्पनेत्रः लक्ष्मणः सरयूनदीतीरम् गतवान् । तत्र योगयुक्तः सः श्वासनिरोधं कृतवान् । इन्द्रादिदेवाः तं लक्ष्मणं ततः देवलोकम् अनयन् ।

लक्ष्मणस्य गतिं श्रुत्वा परमदुःखितः रामः स्वयम् अपि वनं गत्वा देवलोकं गमिष्यामि इति अवदत् । भ्राता भरतः राजा भवतु इति अपि सः उक्तवान् । परन्तु भरतः राज्यं निराकृत्य कुशलवयोः राजपदे नियोजनं भवतु इति उक्तवान् । अथ कोशलदेशस्य राजा अभवत् कुशः । तस्य राजधानी कुशावती । उत्तरपदस्य राजा अभवत् लवः । लवस्य राजधानी श्रावस्ती । रामः देवलोकं गन्तुं निश्चयं कृतवान् । रामेण सह देवलोकं गन्तुं भरतः प्रजाः च निश्चितवन्तः । एतं वृत्तान्तं दूतमुखेन मधुरानगरे स्थितः शत्रुघ्नः श्रुतवान् । सः अपि दुःखितः राजपदे स्वस्य पुत्रद्वयम् अभ्यषेचयत् । शत्रुघ्नस्य प्रथमः पुत्रः सुबाहुः मधुरायाः राजा अभवत् । द्वितीयः पुत्रः

शत्रुघाती वैदिशप्रदेशस्य राजा अभवत्। अनन्तरं शत्रुघ्नः रामेण सह देवलोकं गन्तुम् अयोध्यानगरं प्राप्तवान्।

रामस्य निश्चयं श्रुत्वा सुग्रीवः अपि वालिपुत्रम् अङ्गदं राजपदे अभिषिच्य अयोध्यां समागतः। वानरगणसहितः हनुमान् अपि आगतः। राक्षसैः सह विभीषणः अपि तत्र प्राप्तः। रामः अवदत् - "मैत्रीकारणात् सुग्रीवः मया सह देवलोकम् आगच्छतु। परन्तु विभीषणः दीर्घकालं लङ्काराज्यं धर्मेण परिपालयतु। यावत् मम कथा भूलोके प्रवर्तते तावत् कालं हनुमान् भूलोके तिष्ठतु। जाम्बवान् कलियुगस्य आरम्भपर्यन्तं जीवतु। अन्ये मया सह स्वर्गलोकम् आगच्छन्तु" इति।

Lava and Kusha get the Kingdom

Seeing Rama distressed, Lakshmana said, "This is destiny. As promised (to the sage), kill me. Do not worry in this regard. " Rama called the team of ministers and the head priest, Vasishtha, and told them about Durvasa's incident. Hearing that, Vasishtha said, "Keeping the promise is the greatest virtue. Therefore, abandoning Laksmana is the right thing to do." Then the grief-struck Rama said to Laksmana, "Oh the son of Sumitra, I am abandoning you. Abandoning is equal to killing. Therefore, you may leave me and go." Hearing the words of Rama, Lakshmana, with tearful eyes, went to the banks of the Sarayu river. There, by the yogic method, he stopped his breathing. Indra and other gods took Laksmana to the abode of the gods.

Hearing what happened to Lakshmana, Rama was very aggrieved and said he would also go to the forest and proceed to the abode of the gods. And he said, "Let Bharata become the king." However, instead of accepting the kingdom, Bharata stated that he would allow Lava and Kusha to be crowned in the royal seat. Thus, Kusha became the king of the Koshala region. His capital was Kushavati. Lava became the king of the northern region. Lava's capital was Shravasti. Rama decided to go to the abode of the gods. The citizens decided to go to the abode of the gods with Rama. Shatrughna, who was living in the Madhura city, heard this news from the messengers. He was also pained, and crowned his two sons. Shatrughna's first son, Subahu, became the ruler of Madhura. The second son,

Shatrughati, became the ruler of the Vaidisha region. Thereafter, Shatrughna reached the city of Ayadhya to go to the abode of the gods with Rama.

Hearing the decision of Rama, Sugriva also came to Ayadhya after crowning Vali's son Anagada. Hanuman also came there with the group of vanaras. Vibhishana also came there with rakshasas. Rama said, "Because of friendship, let Sugriva come with me to the abode of the gods. But let Vibhishana take care of the state of Lanka in a virtuous way for a long time. Let Hanuman stay on the earth as long as my story stays in circulation on the earth. Let Jambavan live until the start of kaliyuga. Others may come with me to heaven. "

(Chapters 106-108)

रामस्य अवतारसमाप्तिः

अपरस्मिन् दिने प्रभाते रामः सरयूनदीं प्रति प्रस्थानम् अकरोत्। तस्य दक्षिणभागे श्रीदेवी वामभागे भूदेवी च उपस्थिते आसन्। नानाविधानि आयुधानि वेदाः च पुरुषरूपेण रामम् अनुसृत्य अगच्छन्। अनेके ऋषयः राजानः स्त्रीगणाः वृद्धाः बालाः वानराः राक्षसाः जन्तवः भरतः शत्रुघ्नः च सर्वे हर्षेण स्वर्गलोकम् इच्छन्तः रामेण सह सरयूतीरं प्राप्तवन्तः। तदा चतुर्मुखः ब्रह्मा देववृन्देन सह आकाशे उपस्थितः। रामः सरयूनद्यां प्रवेशम् अकरोत्। चतुर्मुखस्य प्रार्थनानुसारं रामः भ्रातृभ्यां सह स्वीयं मूलरूपं विष्णुरूपं स्वीकृतवान्। देवाः सर्वे तम् अपूजयन्। स्वेन सह आगतेभ्यः जनेभ्यः अपि उत्तमलोकं दातुं विष्णुः चतुर्मुखम् आदिशत्। रामेण सह आगताः सर्वे जनाः जन्तवः च जलप्रवेशम् अकुर्वन्। चतुर्मुखः तेभ्यः

सर्वेभ्यः सन्तानकः नाम लोकम् अददात् । सुग्रीवः स्वधामरूपं सूर्यमण्डलं प्राविशत् । इति अवतारकार्यं समाप्य विष्णुः स्वपदे पुनः प्रतिष्ठितः अभवत् ।

Rama disappears from Earth

The next day, in the morning, Rama left for the banks of the Sarayu river. To his right, Goddess Shri and to his left, Goddess Bhoo (Earth) followed him. Many weapons and vedas, in their personified forms, followed Rama. Many sages, kings, women, old ones, young ones, vanaras, rakshasas, animals, Bharata, and Shatrughna, all with joy, went to the banks of Sarayu seeking heaven. That time, the four-headed Brahma stood in the sky with the group of gods. Rama entered the Sarayu river. Per the request of Brahma, Rama took his original form of Vishnu along with his brothers. The gods worshiped him. Vishnu instructed Brahma to give good places to those who had come with him. All the people and the animals that had come with Rama entered the water (of the river). Brahma gave all of them places in a world called "Santanaka." Sugriva entered the Sun, his own abode. Thus, completing his purpose of incarnation, Vishnu took his own place again.

(Chapters 109-111)

Appendix – Some Important Words

Rakshasas

Rakshasas are a race usually with evil nature, though not all rakshasas are evil.

Patala

One of the worlds said to be under the ground.

Rasatala

One of the worlds said to be under the ground.

Daitya

Daityas are a race usually with evil nature, though not all daityas are evil.

Apsara

Apsaras is a group of women in svarga (heaven) usually for entertaining the gods or helping them.

Svarga

One of the worlds in the space, abode of the gods. Humans who do virtuous work are said to reach svarga, live their for some time and take birth on the earth again.

Garuda

Chief of birds on which God Vishnu mounts and travels.

Ravana

Name acquired by Dashgriva (the ten-headed one) when he made loud noise.

Kaaladanda

Weapon of Yama (the death god), literally means the punishment/limit of time.

Shivalinga

The symbal of God Shiva

Brahmaastra

The weapon whose deity is God Brahma (the creator). It is famous as the ultimate unfailing weapon.

Vanara

An ape-like race with human-like abilities that is believed to have lived in the olden times in the southern part of India.

Yajna

A ritual, usually with fire, performed to please the gods.

Varna

Instinctive nature of a person.

Shoodravarna

One whose varna is shoodra - that of doing service to others.

Gandharva

A race or community that was said to be expert in music and dance.

Medinee

Another name for Earth.

Kaliyuga

One of the four yugas (eras) in which people are usually under the effect of evil.